闇落ち不実な旦那様、
勝手に時を戻さないでください！

Mele Higuruma
日車メレ

JN224987

NOVELS

CONTENTS

闇落ち不実な旦那様、
勝手に時を戻さないでください！

プロローグ　できれば静かに終わらせてほしかった

陥落寸前のオストヴァルト城。

今も魔法によって飛ばされてくる砲弾が城壁にぶつかる音が響いている。

「アデリナ……すまない、私のせいだ」

アデリナ自身にもこれが致命傷だとわかっていた。闇属性に囚《とら》われたために、異端者となった国王ヴァルターを庇《かば》って受けた傷は、確実に内臓に達している。

（侵入した敵は？　……もう倒したのね……）

状況は絶望的だが、ひとまずヴァルターがこの場で弑逆《しぎゃく》される危険性はないとわかり、アデリナは胸を撫《な》で下ろす。

途端に、全身から力が抜ける。視線を動かすことすら億劫《おっくう》になっていった。

「アデリナ！　すぐに治癒師が来る……大丈夫だ……大丈夫だから……」

子供騙《だま》しの励ましはいったい誰のためのものだろうか。かろうじて意識はあるけれど、これほどの血が流れていては、治癒魔法の使い手が到着したとしても、もう手の施しようがない。

（あぁ……ヴァルター様……）

ヴァルターはアデリナの夫だ。けれど彼は妻のことなんて愛していない。

なぜなら、誰かを思いやる心をとうの昔に捨ててしまった人だから。不遇の第二王子として生まれた彼にとって、唯一心を許せる存在は、双子の妹のセラフィーナ王女だけだった。

最愛の妹を失った彼は、心が闇に囚われてしまう。

セラフィーナを殺したのは、ヴァルターの異母兄カールが放った暗殺者だ。

妹の死をきっかけに、ヴァルターはそれまで必死に抑え込んでいた闇属性の魔力を解放する。

やがて異母兄と彼のくわだてを放置した国王を手にかけ、血塗られた玉座に座った。

冷徹な王となったヴァルターは、善良な国民に対しては暴君ではなかったはずだ。

一方で少しでも自分に刃向かう者、不正をした者、裏切り者には一切の容赦がなかった。

恐怖で国を支配しているのだから、残虐な独裁者という誹《そし》りを受けても仕方がない人ではある。

そして彼はついに、邪悪な闇属性の魔力を使用した罪により、聖トリュエステ国から断罪される立場に追いやられた。

異端の烙印《らくいん》を押され〝魔王〟と呼ばれるようになったヴァルターを討つという大義名分を掲げた周辺国が、同盟を組んで攻め入ってきたのはたった一年前のことだった。

彼らは正義感で結びついたわけではない。

単純にこの国が滅びたあと、肥沃な大地を分割して自分たちのものにしたいという思惑があるのだ。

すでに、都以外の土地は彼らに奪われている。

彼らは「魔王に与《くみ》していた者たち」からはなにを奪っても罪にはならないと考えているのだ。

「やり直そう……私がほしいのは、君との穏やかな暮らしだけだ。……アデリナ……愛している」

心が壊れてしまったはずのヴァルターが涙を見せ、アデリナの腹部から流れる血をどうにか止めようとしている。

愛をささやいたのは、死にゆくアデリナを励ますためだろうか。

（嘘《うそ》つき……。でも、名前を呼んでくださったのは……それどころか、私を見てくださったのは……いつぶりかしら？　……けれど残念、もう遅いの……）

ここ最近、ヴァルターはアデリナのことを「王妃」と呼んでいた。

それに釣られて、アデリナも彼を「陛下」と呼ぶことが増えていた気がする。

夫婦としてではなく、二人ともただ己の役割に合った行動をしていただけだ。

実際、二人は白い結婚だった。

ヴァルターはアデリナの身を案じて同じ寝室で眠っていたが、手すら握ってこない。

口づけも結婚の儀式のときだけだった。

（いっそ側室でも迎えてほしいと願ったら憤るし……）

結局報われない夫婦生活だったが、最後にヴァルターの優しさを感じられたことだけはご褒美みたいに思えた。

アデリナは、この冷たい夫のことが好きだった。

だが、一方的な想《おも》いしかしらないため自分が抱いているこの感情が愛かどうかは定かではない。

十代のとき彼に惹《ひ》かれ、そこからずっと虚《むな》しい恋を続けていた。

放っておけない、離れがたい……幸せになってほしかった……。そういう想いになんと名前をつければいいのだろう。

どうして、彼を見捨てられずにいるのかアデリナ自身にもよくわからない。

彼が闇に呑《の》まれる前ですら、深い関係ではなかった気がする。

それでも、光をまとうかつての彼に憧れを抱き、闇をまとう今の彼を救ってあげたいと願い続けた。

「……ヴァ……ル……」

名前を呼ぼうとしたけれど、声がかすれて彼には届かない。

アデリナはこれまで散々ヴァルターを諫《いさ》めてきたけれど、すべてが手遅れだ。

『圧倒的な力と恐怖で他者を支配しようとしても、いずれ破綻します』

『どうか、寛容さをお持ちになってください。……人は誰でも間違いを犯すものです』

『今が、聖トリュエステ国との和議の道を探る最後の機会ではありませんか？　ほんのわずかでいいのです。陛下の矜持《きょうじ》を今回だけ……捨てていただくことはできないのでしょうか？』

すべてでなくてもよかった。彼が、アデリナや忠臣たちの言葉に少しでも耳を傾けてくれていたのならば、こうはならなかったかもしれない。

この先、ヴァルターが生きる道はあるのだろうか。

アデリナはだんだんと鈍くなる思考で、必死に彼の未来について考えていた。

「時を戻す魔法がある」

不意にヴァルターがつぶやく。

彼がそういう魔法を研究していたことは、アデリナも知っていた。

おそらく、セラフィーナを蘇《よみがえ》らせるために危険な魔法の研究に手を出したのだ。

理論上は可能だとも言っていた。ただし、どこまでも理論でしかない。

それは試しに使ってみることすらできない、禁忌の魔法だ。

(馬鹿なことを……しないで……)

震える手をどうにか伸ばそうとするが、今のアデリナには不可能だった。

「私は本気だよ、アデリナ。失敗したとして、この世界になにが残るというんだ？　ずっと思っていた。もう、消滅してしまえばいいんだ」

アデリナの周囲が輝き出す。

ヴァルターが時属性のアデリナから流れ出た血を使って、魔法を組み上げようとしているのだ。

（待って……私はもう疲れたの。……静かに終わらせてほしい。ヴァルター様……）

――コホッ。

大量の血を吐いた。

夜空と同じ色のヴァルターの瞳が一瞬見開かれる。

「すまない、痛いよな……。急がなければ……」

（報われない恋は……もう嫌……。こんなことは、やめて……）

アデリナは、やり直しなど望んでいなかった。

仮にもう一度生きられるのなら、今度は政争に巻き込まれるのはご免だし、心穏やかで誠実で、自分だけを見てくれる――ヴァルターとは正反対の青年と結ばれたいと本気で思っている。

人は幸せを感じるために、恋をするべきだ。

アデリナの願いは虚しく、二人を取り囲む光がいっそう輝きを増す。

やり直したところで、彼と一緒の穏やかな暮らしなどあり得ない。

もう十分に頑張った。

終わりにしてほしい。

けれど声が出せないせいで、彼に本音が伝わらない。この世界は最後まで理不尽だった。

「真珠のネックレス」

真《ま》っ赤《か》に染まった手を伸ばし、ヴァルターがアデリナの頬を辿《たど》り首のあたりに触れた。

それは、彼が発動しようとしている魔法となにか関係があるのだろうか。

脈絡のない発言の意図はわからないままだ。

「君の瞳は……海みたいな深い青だと聞いていたから……きっと真珠が似合うと思ったんだ。それな

のに、あの頃の私は」

（私に真珠が似合う？　ネックレス……？　なにをおっしゃっているのかしら。最後まで酷《ひど》い人）

彼がアデリナに真珠のネックレスを贈ったという事実はない。

真珠のネックレスは彼にとっての最愛であった妹のセラフィーナの首元でいつも輝きを放っていたものだ。

（こんなときに妹と間違えるなんて……）

もうなにも見えない。

どうか彼の魔法が失敗しますように――アデリナはそう願いながら意識を手放した。

【1】追憶編　冷たい人と婚約した令嬢の話

十六歳の誕生日前日。父・エトヴィンの書斎に呼び出されたアデリナは、突然婚約者ができたことと、その婚約者が翌日会いに来ることを知らされた。

「ヴァルター・ルートヴィヒ・オストヴァルト第二王子殿下……ですか？」

「そうだ、恐れ多くも国王陛下からのご提案だ」

クラルヴァイン伯爵家の子は現在アデリナ一人で、家存続のために婿を取る必要がある。

国王からの提案……つまり完全なる王命だった。それを断る力を伯爵家は持っていない。

アデリナの知らないところで、未来の夫はすでに決まっていたのだ。

「私の旦那様……」

第二王子であるヴァルターを婿として迎えることは名誉――ではなかった。

そのためエトヴィンの顔色が悪い。

ヴァルターは力のない第二王子だ。異母兄の王太子カールと彼の外祖父にあたるバルシュミーデ公爵から蛇蝎《だかつ》のごとく嫌われ、命を狙われているらしい。

国王は、王子として生まれた者の婿入り先としてふさわしくない家格の娘との婚姻を成立させることで、ヴァルターの立場を周囲に知らしめようとしているのだろう。

（冷遇されている第二王子。……国王陛下とのご関係よりも、王太子殿下との不仲のほうがのちのち問題になるでしょうね）

王太子カールからすると、ヴァルターは父親の浮気相手の子であり、母親を苦しめた存在だ。

ヴァルターを婿として迎えた場合、クラルヴァイン伯爵家は彼と一緒に未来の国王から疎まれる存在になってしまう。

「アデリナ……」

「ご心配なさらないでくださいませ、お父様。私も伯爵家の一人娘です。自由な結婚をするつもりは最初からございませんでした。まずは第二王子殿下との信頼関係を築くところから始めなければなりませんね」

「あぁ、そうだな」

これはヴァルターにとっても伯爵家にとっても理不尽な縁談だ。それでも、アデリナはできることなら未来の夫となる人を好意的に受け入れたいと思っていた。


そして翌日、ヴァルターが婚約の挨拶のために伯爵邸へやってきた。


アデリナはお気に入りのドレスを着て、両親とともに応接室で彼を出迎える。

「話は聞いているんだろう？　私がヴァルター・ルートヴィヒ・オストヴァルト。君の婚約者だ」

ヴァルターは、めずらしい銀色の髪にアイスブルーの瞳を持つ二十歳の王子だ。

十代の頃から軍に所属している彼は、たくましく、それでいて美しい人だった。

（なんて……綺麗《きれい》で格好《かっこ》いい方なの……？）

アデリナは伯爵家の一人娘として、家を守るために責任ある行動を心がけている。

その一方で、昨年社交界デビューを果たしたばかりの小娘でもあった。年上の見目麗しい青年が自分の夫になると知り、不覚にもときめいてしまう。

「ア……アデリナ・クラルヴァインでございます、第二王子殿下」

緊張のせいで不自然なお辞儀になっているのが、自分でもわかる。挨拶すらまともにできないなんて伯爵家の娘らしからぬ失態だ。アデリナの頬は羞恥心で赤く染まっているだろう。

自己紹介を済ませてから、父の勧めで庭園を案内する流れとなる。

大して広くもない庭だから、歩いているだけでは気まずい。

ヴァルターは庭園の中央にある池のあたりで立ち止まり水面を見つめ始めた。

アデリナもそれに倣ったのだが……。

「なぜそんなに距離を取るんだ」

「それは……あの……」

無意識だったが、会話に適さないくらい離れた位置に立っていたらしい。

美しい男性が隣にいて恥ずかしいだなんて、子供っぽくて到底言えなかった。

「無理に言葉にしなくていい。わかりきっていることを聞いた私が悪い」

(私って、そんなにわかりやすいの？)

アデリナは心の内を見透かされたことに動揺し、身体《からだ》がカッと熱くなっていくのを感じていた。

ヴァルターと目を合わせられなくて、ひたすらに水面を眺め続ける。

「……私たちが結婚するのはおそらくは君が十八歳になってからだ。それまで定期的に関わりを持つ必要がある」

「はい、心得ております」

「……手紙を受け取ったら返事を書くように」

「……？　もちろんですわ」

なぜ、当たり前のことを確認するのか、アデリナにはその意図が理解できなかった。

返事も書かない非常識な人間だと思われているみたいで、やや不満だ。

「社交の場にも適度に出なければならない。いいな？」

これもまた常識だった。

そして「出なければならない」の部分に、アデリナは引っかかりを覚える。

「……は、はい」

ひとまず返事をするが、だんだんと彼の言いたいことを理解していき、同時に気持ちが沈む。

（本当は手紙も書きたくないし、社交の場にも出たくない……。それでも婚約者の義務をおろそかにはしないのだから、ちゃんとそれに応えろ……という意味ね……）

ほかに解釈のしようがない。

不本意なのは最初からわかっていたのだから、アデリナは反論はせず、ぎこちなく笑ってみせた。

「これから、よろしく頼む」

ヴァルターが一歩近づき、手を差し出してきた。

これもきっと、仕方なくしているのだろう。

思い返せばヴァルターの表情は鋭利で冷たい印象のまま、アデリナには笑みの一つも見せていない。

（嫌われているんだ……）

未来の夫との初対面をひと言で表すなら「落胆」だった。

利益を望めない婚約であるのは互いに同じだ。だからこそ前向きに共闘できたらと望むアデリナと伯爵家の希望は、きっと叶《かな》わない。それでもアデリナは差し出された手を握った。

「こちらこそ、よろしくお願いします。第二王子殿下」

平凡な伯爵家への婿入りを、彼はまだ受け入れることができないのだろう。

そうだとしても、これから長い時間を一緒に過ごす相手なのだ。たった一日であきらめてしまうのはよくない。

アデリナはそう考えて、手に力を込めたのだった。

◇◇◇

王命によってヴァルターとアデリナの婚約が決まって十日後のこと。

この日アデリナは、オストヴァルト城内にある青の館を訪ねる予定になっていた。

青の館は天井や壁の一部に鮮やかな青の花模様が描かれていることから名付けられた建物で、ヴァルターとセラフィーナの住まいである。

初対面のあとまもなくして、宣言どおりヴァルターから手紙が届いた。

そこには双子の妹セラフィーナがアデリナに会いたがっているから、訪ねてくるようにと書かれていた。

アデリナも約束に従い返信をして、今日がその訪問の日だった。

第一王女セラフィーナは、光属性の魔力を有している治癒魔法の使い手だ。

しかも絶世の美女で、国民からの人気が高い。

男性は肖像画を見てうっとりしてしまうし、女性はあんなふうに美しくなりたいと望む。

（オストヴァルトの女神と名高いセラフィーナ王女殿下にお目にかかれるなんて……緊張するわ）

肖像画でしか知らないが、アデリナも例にもれず、セラフィーナに憧れを抱いている者の一人だ。

そのため、ヴァルターからセラフィーナを紹介したいという手紙が送られてきたときから、アデリナはずっとソワソワしていた。

婚約者とその妹——美しい二人と同じテーブルを囲んで平静でいられるか、不安になりつつも、館へ向かう足取りは軽かった。

(そういえば、セラフィーナ王女殿下のお噂《うわさ》はよく聞くけれど、ヴァルター様は……)

王子同士の確執については度々耳にするのだが、ヴァルター個人の能力についての話題は少ない。

ヴァルターも光属性の魔力を有しているとのことだが、魔法はそこまで得意ではないようだ。

王太子カールが火属性の魔法を使い、第一王女セラフィーナが治癒の専門家——ヴァルターは剣術がそこそこ得意らしいが、二人に比べると存在感がない王子だった。

(社交や公式行事への参加も最低限みたいだし……気難しい方なんだわ)

だんだんと足取りが重くなる。

婚約者の妹には会いたいと思うのに、婚約者と顔を合わせるのが気まずいというのは間違っているのかもしれない。

城の入り口から先、近衛《このえ》兵と女官に付き添われ、ヴァルターたちが待つ館まで進む。

アデリナは移動しながら窓ガラスや鏡に映る自分の姿をつい気にしてしまった。

紅茶をこぼしたような明るい茶色の髪に、青い瞳——不細工ではないけれど、特別な美人とは言えないからこそ、せめて身だしなみには気を使いたかったのだ。

天気がいいため、館の前にある小さな庭にお茶の席が用意されているとのことだった。

城内の建物から一度外に出て、木々が生い茂る小道を進むと、青の館の屋根が見えてくる。

大きな木の先に人影があった。

「ねぇ、お兄様……。記念日でもないのに、高価な真珠をいただいてよろしいのかしら」

「べつに……理由がなくたって、贈り物くらいする。たまにはいいだろう？」

おそらくヴァルターとセラフィーナの声だ。

こういう場合、会話の邪魔をしないタイミングで顔を見せるのがスマートだと思い、アデリナたちは歩みを止めた。

「お兄様も婚約者ができて、少しは気の利く殿方になったのね！」

「私が気の利かない男だった……みたいな主張はやめろ」

「フフッ。当然クラルヴァイン伯爵令嬢にはもっと素晴らしい品物を贈ったわよね？」

「……当たり前だ。ちょうど、婚約したのが彼女の誕生日だったからな」

ヴァルターの言葉にアデリナは戸惑った。

確かに、彼と婚約したのは十六歳の誕生日当日なのだが……。

「いったいなにを贈ったの？　ダイヤモンド、サファイア？　宝石ではなくて、銀細工でも素敵よね」

「教えるわけないだろう」

（教えるもなにも、なにもいただいておりませんが……）

まず、あの日が誕生日だったと彼が認識していたことに、アデリナは驚いた。

彼からの贈り物がほしかったわけではない。それとは関係なく、ヴァルターが見栄《みえ》を張って嘘をつくのはよくない気がした。

（まぁ……でも、初対面だし……）

そう自分に言い聞かせてみるが、不安は募る。

最初からヴァルターは冷たかった。先日の手紙も、妹が会いたがっているから城に来てほしいという用件しか書かれていない。

（……歩み寄れない、かもしれない）

それでも、ここで立ち止まっては埒《らち》があかない。

笑顔でどうにか取り繕ってから、アデリナは二人のもとへと向かった。

「失礼いたします。アデリナ・クラルヴァイン、只今《ただいま》参りました」

「あぁ……来たか。こっちに座れ。非公式な場だから楽にしてくれてかまわない」

「お心遣い痛み入ります。ですが、まずはご挨拶をさせてくださいませ」

「許す」

ヴァルターの許可を得てから、アデリナはセラフィーナを正面に見据え、お辞儀をした。

「……お初にお目にかかります、第一王女殿下。アデリナ・クラルヴァインでございます。本日のお招き、大変光栄なことと存じます」

「ご丁寧にありがとう、セラフィーナよ。……これからよろしくね？　クラルヴァイン伯爵令嬢。……さあ、まずはお茶を楽しみましょう。座ってくださいな」

「恐れ入ります」

セラフィーナに促され、アデリナは今度こそ席に着く。

庭園に設置されたテーブルは円卓だった。ヴァルターが時計の十二時だとすると、アデリナが四時、セラフィーナが八時となる等間隔での着席だ。

茶会の最中セラフィーナがアデリナになにかをたずね、アデリナがそれに答えるというやり取りが続く。

ヴァルターは時々セラフィーナに促され「あぁ」だとか「そうだな」とか、ひと言だけ話すが、毎

的だ。

回それで終わってしまう。妹であるセラフィーナと二人きりのときはわりと饒舌《じょうぜつ》だったが、親しくない者とのおしゃべりは嫌いなようだ。

長い銀髪とアイスブルーの瞳を持つセラフィーナは、噂どおり完璧な立ち居振る舞いと美貌を兼ね備えている女性だった。相づちを打って、首を傾《かし》げるたびに真珠のネックレスがさらりと流れて印象的だ。

身分は高いが不遜なところはない。慈悲深く完璧な人に見えた。

けれど同時に、アデリナに対しては親しみやすさも感じられない。

とくに直前の兄妹仲のよさそうなやり取りを立ち聞きしてしまったアデリナは、どこまでも部外者で傍観者という心地《ここち》だった。

「そういえばクラルヴァイン伯爵令嬢。お兄様から聞いたのだけれど、先日あなたのお誕生日だったようね？　……贈り物はなんだったのかしら？」

「え……あ、あの……」

予想外の質問にアデリナは動揺してしまう。

「おい、セラフィーナ！」

「わたくしはクラルヴァイン伯爵令嬢にたずねているのよ。お兄様はお黙りになって」

「だが！」

「心配なんですもの。お兄様がとんでもない品を贈っていないかって」

（どうしようっ、どうすれば……）

二人のやり取りを聞いてしまったので、ヴァルターが嘘をついていることは知っている。

（もらっていないと言えば、殿下に恥をかかせることになってしまう。ここは……地獄なの？）

先ほどまでヴァルターとセラフィーナが楽しげな会話を繰り広げていたのを知っていたため、さらに惨めな気持ちにさせられた。

「クラルヴァイン伯爵令嬢？　どうかなさったの？」

「い、いいえ……第二王子殿下は……あ、あの……ブ、ブローチをくださいました！」

アデリナは咄嗟《とっさ》にたまたま胸元のリボンの上につけていたブローチに触れながら、そう答えてしまった。

「あら、とても可愛《かわい》らしいブローチね。あなたによく似合っているわ」

セラフィーナは満足げに頷《うなず》く。

彼女はなにも知らないのだから、当然悪気はない。

けれど、セラフィーナの首元で光る真珠が眩《まぶ》しくて、アデリナはなぜだか胸が痛くなった。

出会ってまもない婚約者でしかないアデリナが、生まれたときから一緒にいる妹と張り合っても仕方がない。

（でも、殿下は『当たり前だ』とおっしゃったのに……。私は、『当たり前』をしてもらえなかった……）

おそらくそれが苦しいのだ。

伯爵家の一人娘として、自由な結婚が許されない立場であることはわかっていた。

それでも婚約者という存在に夢を見ていた部分があった。

できるだけ互いを尊重し合い、好きになっていけたらいいと思っていたのだ。

その願いが叶わない予感がして、落胆したのだった。けれどアデリナはまだ窮地から抜け出せていない。

（怒っている……のかしら？　私、選択を間違えてしまった？）

ヴァルターはアデリナの言葉を否定しなかったが、アデリナの嘘に話を合わせてくれるわけでもなかった。益々《ますます》言葉数が減り、鋭い視線を向けてくる。

ひたすらに場の空気が悪い。一度しか会ったことのない、しかもまったく親しくもない年上の男性ににらまれるのは、恐怖だ。

それに、だんだんと理不尽に思えてくる。

それ以降はどんな話をしたのかよく思い出せない。どうにか地獄の茶会を終えたアデリナは、屋敷に到着し私室の扉を閉めた直後にベッドへ寝転がった。

「発端は殿下の嘘なのに！　なんで、私が……なんで……あんなふうににらまれなきゃいけないのよ」

ポスッ、ポスッと枕に拳を打ち込み、ここ数時間でため込んだ鬱憤を晴らそうとした。

それでもやり場のない思いを抱え込んだまま、気づけばアデリナの瞳からポロポロと涙がこぼれる。

近い将来の夫に出会ってまだ十日しか経《た》っていない。

けれどアデリナにはこの先、彼と打ち解ける未来がどうしても想像できないのだった。

【2】覚えていないなんて、無責任すぎるのですが

献身は絶対に報われない。そんなことは、出会ってからの十二年で何度も思い知らされてきたのだ。

けれど愚かなアデリナは、どうしてもヴァルターを嫌いになれなかった。

また苦しい恋をする人生を繰り返したくなどない。

もしやり直せるのならば、違う人間になって、別の人を愛したい。

それなのに、ヴァルターは時を戻す禁忌の魔法を使うなどと言い、実際に発動させた。

「だからっ、嫌だって言ってるでしょう！　この自己中心男――」

自分の声に驚いて、アデリナは目を覚ました。

酷く汗をかいていて、呼吸も荒くなっている。それに周囲が眩しくて目が痛い。とにかく凄《すさ》まじい不快感だ。

（私、どうしたの……？）

懐かしい光景が広がっている。

ここはアデリナの生家であるクラルヴァイン伯爵家のタウンハウス……その裏庭だった。

アデリナは大きな楓《かえで》の木にもたれていたらしい。

膝の上には本が置かれている。木陰で読書をしていて眠ってしまったのだろうか。

「お嬢様、いったいどんな夢を見ていらっしゃったのですか？　自己中心男だなんて」

あきれた声が響く。

顔を上げると、アデリナ付きのメイドが必死に笑いをこらえている様子が目に映る。

「ロジーネ……」

アデリナより四つ年上で、笑顔が可愛らしい赤毛のメイドのロジーネ……。

すでに亡くなっているはずの女性が、目の前にいた。

（本当に時を戻す魔法が成功してしまったの？）

アデリナは自分の頬を抓《つね》ってみるが、夢から覚める気配はなかった。

「寝ぼけていらっしゃるのですか？」

問いかけるロジーネは、二十歳前後に見える。

それだけでは今日が何年の何月何日なのかまではわからなかった。

（ヴァルター様……冗談はやめて……）

キョロキョロと周囲を確認しても、元凶と思われる青年の姿はない。

だからこそ、時を戻すと言っていた直前の発言が本当だったと思える。

「ほらほら、もうすぐ家庭教師の先生がいらっしゃる時間ですよ。そんな御髪《おぐし》ではいけません。お部屋に戻りましょう」

幹にもたれかかっていたせいで、髪が乱れていたのだ。

アデリナはロジーネに促されて立ち上がり、私室へと向かった。

鏡台の前に座り、自分の姿を確認する。

まっすぐな紅茶色の髪に青い瞳――十代中頃のアデリナがそこにいた。

（私……二十八歳のはずだけれど……確かこのドレスは十六歳の誕生日直前に仕立てたものだわ）

きっとロジーネに聞けば、正確な日付はすぐにわかる。

けれど、今日が何日かを忘れてしまうのは不自然で、アデリナはしばらく過去の自分の行動を思い出しながら、とにかく他者から不審に思われないように過ごした。

髪をハーフアップにして、ドレスを着替え、家庭教師からの指導を受ける。

夕食では、両親との無難な会話を心がけた。そうしているうちにやっと正確な日付がわかった。

(私の誕生日の一週間前……ね……?)

やはり十六歳の誕生日前で間違いなかった。

つまりはヴァルターと出会う直前ということになるのだ。

(ちょっと状況を整理してみましょう)

私室に戻り、ライティングビューローの前に座ったアデリナは紙とペンを取り出す。

重要な出来事を文字にしながら、今後の展望を考えようと思ったのだ。


今の時期、ヴァルターは目立たない第二王子を演じている。

この国で国王になれるのは男性だけだ。ヴァルターがわざと凡庸な人間を装い、王位継承権を持たないセラフィーナが理想的な王族でいるのは、彼らの処世術だった。

ヴァルターが有能だと異母兄の立場を脅かす者として余計に狙われるだろうし、二人とも無能だと誰からも見捨てられ、人脈の一切を失ってしまう。

幼い頃に母を亡くし、頼れる外戚の力もなく、父からも冷遇されているという環境で育った二人は、そういう計算をして生き抜いてきたのだ。

(その甲斐《かい》あって、この時期セラフィーナ王女殿下には多くの縁談がもたらされているはずだわ)

国王は、セラフィーナを政略結婚の道具として見ている。

光属性は、治癒の力などを司《つかさど》り、攻撃系の魔法にも転用できる素晴らしい力だ。とくに聖トリュエステ国がその力を神聖視しているため、結婚相手としては引く手数多《あまた》だ。

現在二十歳のセラフィーナに婚約者がいないのは、国王がもったいぶって嫁ぎ先を定めずにいるからだった。

けれど結婚適齢期を逃すわけがないから、そろそろ決めなければならないという状況である。

（ヴァルター様の望みは……セラフィーナ王女殿下の安全のはず……）

王太子カールと公爵家が簡単には手出しできないくらいの権力を持った者と、セラフィーナを結婚させることが、兄としてのヴァルターの望みだ。

（でも……セラフィーナ王女殿下は半年後に結局暗殺されてしまう）

王太子カールの憎しみと猜疑《さいぎ》心は、ヴァルターの予測を超えていたのだろう。

セラフィーナが幸せになることも、ヴァルターがセラフィーナを介して権力者と結びつくことも、許せなかったのだ。

セラフィーナは、隣国のマスカール王国王太子ほか何名かの求婚者の中から相手を一人に定める前に、カールが放った暗殺者によって命を落とす。

セラフィーナを失ったヴァルターは、それまでひた隠しにしてきた闇属性の魔力を一気に放出する。

闇属性は聖トリュエステ国が敵視している力ではあるが、力そのものは悪とは言い切れない。

ただし、覚醒を促すきっかけが負の感情であるため完全なる善とも言いがたいものだった。

おそらく、妹を失った悲しみと異母兄や父親に対する憎しみが、ヴァルターを変えたのだ。

元々淡い色だった髪と瞳が闇に染まり、ミッドナイトブルーに変化していった。そこから先、彼は己の力を一切隠すことをせずに、妹を死に追いやった者たちへの復讐《ふくしゅう》を始めた。

（そして我がクラルヴァイン伯爵家は……ヴァルター様にお味方するのよね）

伯爵家に選択肢はなかった。ヴァルターとアデリナが婚約者同士であったため、カール側にすり寄っても間者かもしれないと疑われていただろう。

二人の王子の争いは、その後約三年続いた。

内戦の中でクラルヴァイン伯爵家の者はアデリナ一人を残して皆、いなくなってしまった。

(ヴァルター様は……泣いている私に寄り添ってくれたんだった……)

婚約者とは名ばかりで、いつも冷たい人だった。それでもヴァルターは、家族を失った悲しみで泣き続けるアデリナのそばにいてくれた。

やがて新国王となったヴァルターは、家を失い価値がなくなったはずのアデリナを妃に据《きさき》えると宣言した。

二十三歳と十九歳……若き国王と王妃の誕生だった。おそらくアデリナが本気で彼に惹かれたのはこの頃だ。

国王としてのヴァルターは決して愚王ではなかった。

けれど、罪を犯した家門に対し温情を一切見せない姿勢が反発を招くことが多く、すべてが順調とは言いがたかった。さらに、隣国が国境を侵してきたときは和睦など認めず、併合するまで戦う苛烈な対応を取った。

そういう積み重ねが宗教的な影響力を持つ聖トリュエステ国との不和を生み、滅びの道へと進むことになるのだ。

「だからって……やり直しになんの意味があるのよ……」

アデリナは、モヤモヤとした孤独に苛《さいな》まれながら、続いて時戻しの魔法について考えていく。

時戻しの魔法――それは、多くの者が研究したが、誰も成功していない奇跡の力だ。

ヴァルターは、王位に就いて以降その魔法を研究していた。

そして膨大な闇の魔力を使えば、すべての生物を含む物質を過去の状態に戻すことができるという結論に至ったようだった。

ある日アデリナは、ヴァルターとこんなやり取りをした。

「アデリナ……時戻しの魔法を使ったらどうなると思う？」

「質問の意図がわかりません。時間が戻る……ただ、それだけでしょう？」

「そう、それだけなんだ。過去に戻った人々は一度目と寸分違《たが》わぬ行動をして、同じ場所に辿り着く。そしてまた時戻しの魔法が使われるだろう」

「それではある地点から別の地点を無限に回り続けてしまいませんか？　意味がないというか、怖いです……」

つまり時を戻したらそこから先、別の未来へは進めなくなるという。

「君の言うとおりだ。そして、無限の繰り返しで魔力的なひずみが生まれると、やがて弾《はじ》けて世界が消し飛ぶと私は考えているんだ」

実験はできないので、すべては仮説でしかない。けれどそれゆえに、時戻しは禁忌の魔法だとわかる。

「だが、時属性のアデリナは……その理《ことわり》からはずれる力を秘めているんだ」

アデリナの得意魔法は防御結界だ。

魔法で防御壁を構築していると誤解されがちだが、実際には違う。物質の時間を止めて固定することによって攻撃を弾いているのだった。

例えば元々ある壁に魔法を使用すれば、壁の強化に繋《つな》がる。

なにもないときは大気の時間を止めれば、見えないシールドになるという具合だ。

アデリナの力は基本的に生物には干渉できない。

例えば草木の時を止めれば、魔法を解いた瞬間から枯れはじめる。

動物に魔法を使えば、一部ならその場所が壊死《えし》する可能性があり、広範囲なら命を奪ってしまう。

命を奪わないかたちで干渉するためには完璧に魔法を組み立てなければならず、普段の百倍、千倍の魔力が必要となる。それこそ、使用者も命を賭けないと実行できなかった。

「時属性の魔力所有者の精神を守ることは、そこまで難しくない。だが、それではダメだな。時戻しの魔法を使った本人……つまり私の記憶を保護しなければ……」

時属性の限界は、時を静止させるところまでだ。

闇属性のヴァルターのほうにこそ、時を戻す力がある。

ただし、無限回帰を防ぐにはアデリナの時属性が必要……。

「なんだか、ややこしい話ですね」

「そうだな」

ヴァルターの考えは時属性の魔力を使い、魔法の使用者の精神だけを守った状態で過去へと戻るというものだった。

時戻しのちヴァルターだけが、その魔法理論もそれ以後に起こる出来事も、すべてを覚えている。

そうなったらやり直し世界でのヴァルターは、神にも等しい予知能力を手に入れたことになりはしないだろうか。

「……生物に干渉できるくらいの魔力を、私はヴァルター様にさしあげたほうがよろしいのでしょうか？」

「……どうやって君から魔力を取り出すか、わかっていて言っているのか？」

めずらしく、彼の表情がわずかに歪《ゆが》んだ。それでだいたいの察しがつく。きっと命と引き換えなのだ。

「今……わかりました……。それでも、お望みならばどうぞ……」

どうせ皆が過去へと戻るのだから、セラフィーナが死なない世界線のために、彼はアデリナの命を奪うのだろうか。

半身たる彼女のためならば、ヴァルターは非情になれる人だ。

「馬鹿だな……アデリナは……」

アデリナの予想に反して、それ以降ヴァルターは時戻しの魔法について一切語らなくなった。闇に囚われながらも、ヴァルターは正義の人だ。一度すべてが消滅し、回帰すれば蘇るとしても、アデリナの命を奪うなんて、到底できなかったのかもしれない。


回帰前に起こった大雑把な出来事を書き記してから、アデリナは一度ペンを置いた。

「ハァ……。亡くなったセラフィーナ王女殿下よりも、生きている私を優先してくれた。そう思っていたのだけれど……」

実際、その認識は間違っていなかった気もしている。けれどきっと、アデリナが瀕死《ひんし》の重傷を負ったとき、ヴァルターの中にあった躊躇《ちゅうちょ》が一切失われたのだ。

「……それで、どうして私……時戻しの前のことを覚えているのかしら？」

二人ぶんの記憶を保護できるほどの魔力をアデリナはその身体に秘めていたのだろうか。

「ものすごく嫌な予感がするんだけれど」

ヴァルター自身の保護ができずに、代わりにアデリナの記憶だけが保護された――という可能性が高かった。ヴァルターは、そちらのほうが簡単だと言っていたのだ。

今すぐ確認したくても、ただの伯爵令嬢が第二王子に会いに行ける方法などない。

彼が過去の記憶を持っているのなら、明日にでもアデリナのもとへやってくると信じるしかなかった。

（きっと明日、会いに来てくださるはず。そうしたら五発くらいぶん殴ってさしあげましょう！）

けれど、願望混じりの予想ははずれてしまう。

誕生日当日まで、アデリナの周辺で回帰前と違う出来事は一つも起こらなかった。

「本当に……ダメ夫！　今度は絶対、絶対に結婚なんてしないんだから」

絶望的な気分になり、回帰後の世界ではまだ見ぬ未来の旦那様に悪態をつく。

もちろんどれだけ悪く言っても、ヴァルターは会いに来なかった。

◇　◇　◇

ヴァルターがアデリナのもとを訪れないのは、彼が記憶を失っているからだったらどうしようか。

そんな不安に苛まれつつ迎えた誕生日当日。一度目と同じく、婚約者としての顔合わせのためにヴァルターが伯爵邸にやってきた。

挨拶をしてから二人で庭を散歩する流れまでは以前とまったく同じだ。

親しみが一切ない、極寒のまなざしでアデリナを見ていた。

（……ダメかもしれない……。いいえ、あきらめるのは早いわ。私が忘れていると思っているからそ

れに合わせているだけだと信じたい。……確かめなければ)

池まで辿り着いたところで、アデリナは思い切ってヴァルターの近くまで歩みを進めた。

「ヴァルター様……」

名前を呼ばれたヴァルターの目が見開かれる。

そもそもアデリナは、第二王子ヴァルターを名前で呼ぶ許可をもらっていないし、彼がアデリナを名前で呼ぶようになるのは、かなり先の話だ。

不敬すれすれの行為は、本来の十六歳のアデリナだったらできなかった。

さすがにここまで以前と違う言動をすれば、ヴァルターもおかしいと気づくだろう。

「ヴァ、ヴァルター……だと!?　わ、私は……第二王子、だぞ」

アデリナの行動によってヴァルターの言葉が変わった。

けれど、心から驚いているというだけで、とても自然な反応だ。

「ですが、婚約者同士です。名前で呼ばせていただくことも、呼んでいただくことも許されないのですか……?」

わざとらしいと思いつつ、アデリナは瞳を潤ませてみる。

「そ……それが君の希望であれば……許してやる」

アイスブルーの瞳に宿る感情は、戸惑いだった。

顔も赤いし、怒っているというより恥ずかしがっているように見える。

(なんてことなの……!　間違いなく、ヴァルター様は記憶を失っているわ)

二十八歳の心を持つアデリナからすると、今のヴァルターはただの若造に見えてしまう。

回帰前の記憶がないとしたら、ヴァルターは現在身も心も二十歳である。

以前は四歳の差がとても大きくて、アデリナはいつも萎縮していた。ヴァルターのことを、無愛想で無口で怖い人だと思っていたのだ。

今は精神年齢が八歳も逆転したため、女性に不慣れな純朴な青年としか感じられなかった。

ヴァルターはそっぽを向くが、耳が赤いのは隠せていない。

(これ……私にどうしろと言うの？　なんであなたが恥ずかしがっているのよ！　記憶……記憶はどこに置いてきたんですか!?)

目覚めてすぐに彼が会いに来なかったことで、ある程度覚悟していたのだが、状況は絶望的だった。

「今日は……君の……アデリナの誕生日だと聞いた……」

ヴァルターはくるりと向き直ると上着のポケットを探り、細長い箱を取り出す。それをアデリナに押しつけてきた。

こんな会話、以前にはしていない。

そのせいで、箱を渡された意味がアデリナには理解できなかった。

だから手のひらの上に置かれたままの箱をじっと見つめるだけで、身動きが取れなくなってしまった。

「開けないのか？」

しばらくするとヴァルターが箱を奪い返し、上蓋を取り払った。

もう一度差し出された箱の中には、真珠のネックレスが納められている。光沢のある大粒の真珠が連なった、シンプルだが高級品だとわかる一品だ。

(真珠だなんて、嘘でしょう……？)

それは、回帰前の世界ではセラフィーナに贈られたもののはずだった。

アデリナは時戻し直前のヴァルターの言葉を思い出す。

『君の瞳は……海みたいな深い青だと聞いていたから……きっと真珠が似合うと思ったんだ。それなのに、あの頃の私は』

あれは、瀕死の重傷を負ったアデリナの姿に動揺して、セラフィーナと混同したことにより飛び出した言葉ではなかったのか。

「ネックレス……私にくださるのですか？」

「髪の色と目の色しか知らないから、無難なものしか選べなかったが、それでいいのなら」

「あ……あ、ありがとうございます」

アデリナはおそるおそるネックレスを取り出して、さっそく首元に飾ってみた。

今でも同じネックレスをつけたセラフィーナの姿をはっきりと思い出せる。

これは、本来セラフィーナが受け取るはずだったものを、アデリナが奪ったという状況なのだろうか。

だとしたら、仮にも婚約者であるアデリナに対して失礼だし、セラフィーナが気の毒だ。

けれど、回帰前の記憶がなければ知り得ない情報をもとに彼を責めるなんてできない。

アデリナは、罪悪感を覚えながらも、婚約者から贈り物をもらって喜ぶ少女として振る舞う。

「どうでしょうか？」

「海みたいな青には……真珠が似合うと思った……」

（え、ええ!?　今、笑った……？）

ほんの一瞬だが、口元がほころんだ。アデリナの勘違いでなければ、似合っていると言われている気がした。

長い付き合いだったからこそわかる。ヴァルターは、お世辞など言わない男性だ。

（婚約者との初対面の日に、わざわざ妹への贈り物を持っていて……そしてなんとなく婚約者に渡すなんてこと……あるのかしら？　そうでないのなら……）

セラフィーナの瞳も青だが、とても淡い色だから海に例えられることはないだろう。

実際に、春の穏やかな空の色に例えられている。

（……逆だったの？）

大粒の真珠はかなり高価だ。

そんなものがたまたまポケットに入っているはずはない。だとしたら、本当にアデリナへの贈り物として持参していたのかもしれない。

彼は不器用な人だった。

当日顔を合わせたのにもかかわらず渡せなかった贈り物を、あとから渡すなんてことはプライドが許さなかったのだろうか。

そして、不要だと判断したものを妹に与えた――そんな可能性に行き着く。

（以前の私は……）

どうしてこんな違いが生まれたのだろうか。

アデリナは前回と今回の相違点を思い出す。前回は、冷たい印象のヴァルターに萎縮し、距離を取っていた。今回は進んで彼の名前を呼んだらなぜかヴァルターが恥ずかしがった。……ただ、それだけの違いで彼の行動が変わったのだ。

（もしかして、回帰前は私が怯《おび》えていたから？）

アデリナのほうから歩み寄っていれば、違った関係を築くことができたのだろうか。

彼が柔らかい表情を浮かべていたのはほんの一瞬だけだった。

また冷たいまなざしに戻ってから、口を開く。

「いいか、アデリナ……。私が手紙を書いたら、必ず返事をくれ。社交の場にも出てもらう」

「はい、婚約者として……当然のことと存じます」

似たような命令は、回帰前にもあった。そのためアデリナはとりあえずそう答えた。

「それから、これが一番重要だ。……適度に逃げ道を用意しておけ」

「逃げ道……？」

「私が、君や伯爵家を蔑《ないがし》ろにすると、王命に逆らったことになる。……だが、親密にしすぎるといざというときに、巻き込んでしまう」

「いざというとき……とは？」

「私の立場が取り返しがつかないくらい悪くなったときだ」

「ヴァルター様……」

それは、彼にしてはめずらしく、優しい言葉だった。

同時に「決して愛するな」という命令でもあった。

◇◇◇

ヴァルターとの二度目の初対面を終えたアデリナは、大いに戸惑っていた。今日垣間《かいま》見た彼の姿が嘘ではないとしたら、アデリナは回帰前に間違った行動をしていたのかもしれない。

振り返れば、彼が歩み寄ってくれることを期待するばかりで、後ずさりしかしていなかった。

あの態度がそもそもの間違いだったのだ。

（いいえ！　……それでも、あの頃の私は十六歳の小娘だったのよ。ヴァルター様が歩み寄るのが当然だわ）

四歳も年上で、しかも身分の高い男性に対し、未熟なアデリナができたことなどたかが知れていた。

それこそ、波瀾万丈《はらんばんじょう》な二十八年を生き抜いた成熟した女性のアデリナだから、彼の変化を引き出せたのだ。

結局、二度目の初対面でも彼は冷たかった。

彼は意図的にアデリナと親密にならないようにしたいらしい。

そうであるのなら、回帰前のアデリナが彼の冷たい態度を真に受けても仕方がないと思う。

アデリナのほうに色々と察する力が身についてしまったために、結局彼を心から嫌うことも、憎むこともできなくなっていた。

「そういうところもずるいのよ！」

回帰してから一週間。アデリナにできることは本当に、枕に拳を打ち込んでストレスを発散させることくらいしかない。

「自己中心！　無責任、ダメ夫！　……やっぱり全部ヴァルター様が悪い！」

憎めなくても、憤りはある。この感情のほぼすべては、今のヴァルターに対してではなく、三十二歳のヴァルターに対して向けられていた。

「私にとんでもない役割を押しつけないで！」

とはいえ、いつまでも行き当たりばったりでいても仕方がない。

ヴァルターとの再会で、自分が置かれた状況は把握できたと言える。

アデリナは立ち上がり、ライティングビューローの前に座る。

「まずは私にできることを考えなきゃ」

望んでいないが、この世界を守るために動ける者はアデリナだけだ。

一度目と同じ道程を進めばまた回帰してしまうだろう。

政治的な力を少しも持たないアデリナにできることは限られているけれど、なにもせずに傍観していて一度目よりもよい未来へ辿り着ける想像ができない。

「とにかくヴァルター様が闇属性に転化するのを阻止しなければ！」

闇落ちの原因は、セラフィーナの死だ。彼女が存命であれば、ヴァルターが時戻しの魔法を研究することはなく、最終的によりよい未来へ辿り着けなくてもやり直しはしなくてよくなるはずだ。

「それだけでは足りないわ。……そう、彼が寛容さを持った善人であったのなら……こんな事態になっていなかったのよ」

ヴァルターは彼なりの正義感や倫理観に従って生きる人だった。けれど違う意見を持った者を認めず、心が狭いために善人とは言いがたい。

回帰前の破滅は、まさにその積み重ねがもたらしたものだ。

大きな改変が、その後の歴史にどんな影響を与えるのかは未知数だが、回避できなければ確実に悪い方向へと進むとわかっているのだから、どうにかして止めるべきだ。

「そういえば、セラフィーナ王女殿下付きの侍女の募集があったような……。私が応募してみたらどうかしら？」

セラフィーナに仕える者は常に募集しているみたいだった。

常に……というのは、応募する者が少ないからだ。

異母兄との確執のせいで彼女に仕えることを忌避する者が多い。王女であるにもかかわらず、側仕《そばづか》えは最低限だという。

(侍女になったら……私まで殺されてしまうかもしれない……それでも……)

できることならば逃げたいが、それではヴァルターに時戻しをされて無限の繰り返しに陥るだけだ。

「時戻しの魔法を研究する以前にヴァルター様にお亡くなりになっていただく……という案も一応あるのだけれど……無理だもの」

アデリナは本気で彼への思慕を捨てたいと思っていた。

そして、今のところ捨てられていないため、ヴァルターが破滅するように仕向けることなど絶対にできない。

それなりに善良な人間であると自覚しているアデリナは、回帰前に味方だった人が不幸になる未来を望めないのだった。

一方で、二十歳のヴァルターを好きかと問われると、そうでもない気がしている。

(今なら……消えてしまった三十二歳のヴァルター様を過去の思い出にできる気がする。私は……優しくて誠実で平凡な相手と恋がしたい……)

そう自分に言い聞かせ、アデリナはこれからの方針を整理する。

一つ、セラフィーナの死を回避すること。

二つ、とにかくヴァルターには広い心を持った善人になってもらうこと。

三つ、セラフィーナとヴァルター……二人の恒久的な安全を確保し、それが叶ったら新しい恋をすること。

「よく考えたら、ヴァルター様は私のことなんて好きじゃないんだから、ご自身の立場がしっかりとしたものになれば、婚約だって解消できるわ」

回帰の直前、瀕死の重傷を負ったときに「愛……」というささやきが聞こえた気がするが、動揺している彼の言葉を信じるのは馬鹿馬鹿しい。

第一、彼は無責任にも記憶を失ったのだから、万に一つ、その感情があったとしてももう戻ってくることはない。

（逆ならいいのに！　信じられないわ）

ヴァルターが記憶を保っていたら、少なくともセラフィーナの暗殺の阻止は簡単だったはずだ。

どんな道を進んでも、ヴァルターは自らの保身のために必ず王太子カールを排除するだろう。

その時点で、ヴァルターにはアデリナを妻に迎えなければならない理由がなくなる。

回帰前の世界では、アデリナも家族を失い、傷を舐《な》め合うように寄り添い、結果として夫婦となった。

けれどもし、アデリナやヴァルターが肉親を失わなければ、王命によって結ばれた婚約などどうにでもなる。

「ダメ夫のせいで苦労させられるんだから……私に都合のいい未来を望んだって罰は当たらないわ」

アデリナはそう信じ、セラフィーナ付きの侍女採用試練に向けて動き出した。

◇　◇　◇

セラフィーナの侍女になるためには、いくつかの試験を受けなければならない。

算術や語学、王家の歴史、諸外国の文化やこの国との関係性を問う筆記試験。マナーや趣味などに関する実技試験、そして簡単な護身術の試験がその内容だ。

(王妃だった私に死角はないわ!)

二十八歳の心を持ち、約九年間王妃としてヴァルターを支えてきたアデリナは自信満々だった。

それに激動の時代を生きてきたので護身術も得意だ。

採用試験に落ちるなんて、万に一つもあり得ない。

(問題は……お父様とお母様の説得よ!)

まずはその日の夕食のあと、両親がダイニングルームから去る前に、アデリナは自身の希望を話した。

ある程度予想はしていたが、二人の表情が曇っていく。

「セラフィーナ王女殿下は確かに素晴らしいお方だが……ほとんどの貴族がお近くに侍《はべ》ることを遠慮しているはずだ。その理由くらい、アデリナならばわかるだろう?」

「お父様の言うとおりよ、アデリナ。城ではクラルヴァイン伯爵家など取るに足らない、無力な存在なの。あなたを守ってあげられないじゃない」

父・エトヴィンと母・ジークリンデ。二人ともアデリナが侍女として城勤めをすることに反対の様子だ。

(当たり前よね)

国民に慕われているセラフィーナだが、彼女に仕えると反王太子派であると思われてしまう。

政治の中枢に近い場所にいる者——つまり高位貴族ほどセラフィーナと関わりを持つことを警戒する。光属性の魔力を持っているために、結婚相手として欲している者は多いというが、侍女になる利点はあまりなく、リスクだけは大変高い。結果としてセラフィーナ付きの侍女になりたいと望む者は少なく、なかなか採用が決まらないのだ。

そしてクラルヴァイン伯爵家も、ヴァルターとの婚約以前は他家と同様の対応をしていた。

婚約以前——ではなく、今でも内心では関わりたくないと思っているはずだ。

そもそも両親は、ヴァルターとアデリナの婚約を喜んではいない。

断れば国王の不興を買い、受ければ王太子カールに疎まれる。

王命が出た時点で、どちらに進んでも茨の道なのだ。

けれど、現在の最高権力者は国王だから、王命を拒むという選択肢がなかった。

この先に起こる出来事を知らなければ、「適度に逃げ道を用意」するのが賢い選択だ。

だからセラフィーナと必要以上に親しくなるのは避けるべきであると両親は考えているのだろう。

(でも……私がうまく立ち回らなければ、お父様もお母様も……)

ただの伯爵令嬢に甘んじていたら、いずれ起こるであろう王位継承争いに関わる一連の事件に介入するなんて到底不可能となってしまう。

アデリナ自身が誰かを従え、政治的権力を持つのは、今の時点では無理だ。

だからこそ、未来を変える力を持っている人と直接話ができる立場が必要だった。

(セラフィーナ王女殿下とヴァルター様……このお二人に話を聞いてもらえる立場にならなければ、暗殺を防げない)

セラフィーナに仕え、彼女からの信頼を勝ち取ることができれば自然とヴァルターからの信頼も得られる。侍女として、警備の穴を指摘することもできるだろう。

そのためにも、まずは両親を説得できなければ先へ進めない。

「お父様、お母様……お二人のご心配の理由は重々承知です」

「だったら！」

アデリナは顔をしかめる父をしっかりと見据える。

「もはや王命がある時点で、クラルヴァイン伯爵家が王太子カール殿下から重用される未来はあり得ないのです。それはお父様もご存じでしょう？」

「だから、第二王子派になれと？」

「いいえ、少し違います。……私個人がセラフィーナ王女殿下にお仕えする道を選んでも……外部から見たときの伯爵家の印象は変わらないと思うのです」

伯爵家が完全に第二王子派だと思われるのは危険である。

だがアデリナは、政に関わらないただの伯爵令嬢だ。

未熟な小娘ならばセラフィーナやヴァルターに憧れて、うっかり侍女になりたいと望んでも不自然ではないはずだ。

「それはそうだが」

「お父様……クラルヴァイン伯爵家が第二王子殿下の婿入り先として選ばれたのは、伯爵家が政治権力から遠いからですよね？」

「ああ」

エトヴィンがしゅんとなる。

先ほど、ジークリンデからも「クラルヴァイン伯爵家など取るに足らない」と言われていて、事実だが傷ついているのだ。

アデリナは心の中で父に詫《わ》びながら、話を続ける。

「この先、なにか不穏な動きがあっても、私たちはヴァルター様を通してしか情報を得られません。

「……そして、私たちが必要だと感じる情報を、あの方が教えてくださるとは……正直思えないのです」

「確かに……」

「城内での情報収集は必要ではありませんか？」

これから半年のあいだ、ヴァルターは定期的に伯爵家に顔を出し、社交の場への同伴も求めてくるはずだ。けれど、それはただの義務として行うだけである。

自身や妹、そして王太子になにか動きがあっても、彼が伯爵家に状況を伝えることはない。

回帰前、アデリナは当然だがクラルヴァイン伯爵家も常に受け身だった。

自分たちが関わることができない政争に、ヴァルターが婿入り予定だからという理由で巻き込まれる。毎回事件が発生してからどう動くかを検討するのだが、道を選べたためしがない気がしていた。

ただ人柄がいいだけでは、この先生き残れない。

「だからってアデリナが出仕する理由にはならないだろう？」

「ではお父様が出仕なさいますか？　なにか官職を得るとか……」

無理だとわかっていて、アデリナはあえて別の案を提示する。

「それこそ、わざと波風を立てる行為だ」

伯爵家当主のエトヴィンが城でなんらかの役割に就くならば、今よりはっきりと自分の政治的な立場を明言しなければならなくなる。

「だからこそ、私でなければならないのです。私ならば……例えば、そうですね。……婚約者ができて浮かれている小娘……を装っておけば問題ないかと」

「浮かれているようには見えないが」

「ええ、もちろんです」

「アデリナがそこまで考えていたとは……」

十六歳のアデリナだったらこんなことは考えなかった。

本来であれば今の時期、冷たい態度の婚約者とどう関係を築いていいのかわからず、困っているだけでなにもしない小娘だったはず。

父から見てもわかる変化に罪悪感を覚えるが、それでも立ち止まってはいられない。

「今回の婚約がきっかけでしょうか？　婿に迎えた方が次期伯爵となるのだとしても、伯爵家を守るのは私しかいないのだと……改めて思ったのです」

情報収集役として、アデリナが適任である。

それがアデリナが侍女になる理由だ。

その理由ならば、二十八歳までの記憶を持ち回帰しているという事実を伏せたままでもそれなりに説得力があった。

けれど、エトヴィンはすぐに頷いてはくれない。

「お父様！　お願いです……」

アデリナは本気で懇願し、頭を下げた。

この選択が、自分が取れる最善だと信じている。

「わかった。……やってみなさい。だが、危険を感じたらすぐにやめて伯爵家に戻ってくるんだ。それは約束してくれ」

「そうよ。子供に負担を強いるなんて……本来ならあってはならないことなのですから」

「お父様……お母様。……ありがとうございます」

これが、破滅を回避するための第一歩だった。

◇◇◇

両親からどうにか許しを得たアデリナは、クラルヴァイン伯爵家として正規の手順を踏んで王家への申し込みを行った。

近日中に、採用試験についての日程が知らされるはずだと思っていたのだが、その前にヴァルターからの呼び出しを受けて青の館を訪れることになった。

図らずも、回帰前に初めて出向いたときと同じ日だ。

贈り物をもらったときの礼儀でもあるから、この日のアデリナは真珠のネックレスを身につけた。

(本当に……私のもの……でいいのよね?)

回帰前にセラフィーナの首元を飾っていた真珠が自分のものになっているのは、やはり妙な感覚だった。

(試験は免除でいいからすぐにでも出仕してほしいって言われるのかしら?)

なり手がいないという噂だから、そうなるべきだとアデリナは思った。

回帰前と同じ手順で青の館へと向かうと、今回は庭ではなく、館内のサロンに通される。

(青の館……城の中で、ここだけはあまり立ち入ったことがないのよね)

アデリナが婚約中に青の館を訪れたのは一度きりで、その日は庭先にお茶の席が用意されていたため建物内には入っていない。

セラフィーナの死後、王太子と対立したヴァルターは城を離れる。内戦中の拠点は、ヴァルターの所領に移るのだ。

そして、国王と王太子を討ち、王位に就いたヴァルターはオストヴァルト城へ戻る。

その後は青の館を基本的に立ち入り禁止した。きっと、大切な思い出と悲しい記憶が眠っている館を、できる限り人目に触れさせたくなかったのだ。

何度か修繕の指示をするために立ち入った経験はあるが、人のいない館は静かで、とにかく寂しい場所だった。

だから、きちんと人が暮らしている青の館に入るのは、これが初めてだ。

「アデリナ・クラルヴァイン……参りました」

「ああ、とりあえず座れ」

今日もヴァルターは無愛想で不機嫌そうだ。回帰前から彼のそんな態度に嫌というほど慣れてしまっている今のアデリナは、まったく傷つかなくなっていた。

(でも……以前の私は毎回戸惑って、なにか悪いことをしてしまったかもしれないなんて落ち込んだっけ……)

過去の自分自身を憐《あわ》れに思いながら、アデリナは席に着く。

「失礼いたします」

今回、セラフィーナは同席しないらしい。

アデリナが侍女の募集に応募した件は当然知っているだろうから、顔合わせをしてもいいはずなので、少し意外だった。

年嵩《としかさ》のメイドがお茶を運んできて、セットが終わるとすぐに立ち去る。

静かに扉が閉まったところで、ヴァルターが一際鋭い視線を向けてきた。

「……お加減でも悪いのですか、ヴァルター様」

半分嫌味のつもりで、アデリナはそんな質問をぶつけた。

なにもしていない——むしろ、こんなにも無愛想な王子に歩み寄る素晴らしい婚約者《アデリナ》をにらんでいいはずはないのだ。

「違う！　いったい、なにを考えているんだ？　……出仕の件は取り下げておくからな」

（なんですって⁉）

それは予想外の反応だった。ただでさえなり手がいないのだから、泣いてありがたがるべきであり、勝手に取り下げるなんてあり得ない。

「取り下げなければならない理由はございますか？」

アデリナは内心ムッとしながらも、どうにか取り繕って涼しい笑みを浮かべた。

「大ありだ。アデリナが侍女になるだなんて……許可できない」

「ヴァルター様、貴族の家に生まれた未婚の娘が行儀見習いとして城勤めをするのは、ごく一般的なことです。私たちが結婚するのは当分先なのでしょう？　それなら、問題ないどころか、利点しかありませんわ」

貴族の令嬢にとって、行儀見習いは素敵な結婚相手を探す機会となっている。

婚約者のいるアデリナにとっても、女性王族との縁を作ることは重要だ。

もちろんセラフィーナが城内で弱い立場にあると承知しているが、一般論として、アデリナの行動はおかしくない。

「人の忠告をちゃんと聞け。必要以上に私に関わってどうする？　十日で忘れる記憶力なのか？　それなら余計にセラフィーナに仕えるなんて無理だ」

要するに彼は、馬鹿はお断りだと言いたいのだ。

「もちろん覚えております。ですが伯爵家として必要だと判断したために応募したまでです」

「……必要ない」

「ヴァルター様になくても、私と伯爵家にはございます。それに私はセラフィーナ王女殿下にお仕えしたいのであって、ヴァルター様に関わるつもりはございません」

二人とも譲らず、だんだんと前のめりになっていく。

（じつは可愛いところもあるのかも……なんて思っていたけど、甘かったわ）

ヴァルターは、やはり婚約者に対しどこまでも冷淡だ。

必要以上に関わらせたくないという部分は彼の優しさかもしれない。けれど、そうやって伯爵家とアデリナが受け身でいても破滅が待っているだけだった。

婚約者になった時点で、アデリナたちはすでに政争に巻き込まれている。

中途半端に遠ざけても無意味で、未熟な彼はそれをわかっていないのだ。

「同じ館で暮らしているんだ。私の立場を抜きにしても、婚前に……こんな」

今度は、セラフィーナの侍女になればアデリナとヴァルターが一つ屋根の下で暮らすことを問題視しはじめた。

（……どうせ、私になんて手を出さないくせに……）

アデリナはなんだかしらけてしまった。

ヴァルターは女性としてのアデリナに興味がなさそうだった。

夫婦生活はそれなりに長かったが、二人はいわゆる白い結婚だ。

不仲ではない。警備上の理由で寝室は一緒で、隣で眠ることを許されていた。けれど公式行事で妃をエスコートする必要があるとき以外は、手すら繋がなかった。

あくまで国王と王妃というだけの関係だ。

(ヴァルター様には側室を薦めて怒られたし、臣からは子を授からないのなら身を退《ひ》けなんて言われて……！　どれだけつらい立場に追いやられたか)

とにかく、彼は安全であり、おそらくそういう欲望を失っている男性なのだから、アデリナは身の危険を感じていない。むしろ、できるものならやってみろと言いたいくらいだ。

「でしたら、ヴァルター様。ほかの令嬢を採用されるおつもりですか？　……その方と同じ館でお過ごしになるのはよろしいのですか？」

王女に仕える侍女は貴族の女性でなければならない。

年齢に規定はないかもしれないが、王女の話し相手でもあるから本人とそれなりに歳《とし》が近い女性を選ぶのが自然だ。ならば、ヴァルターとも歳が近いという意味になる。

「セラフィーナの侍女だ！　私は関係ない」

「では……私も関係ないでしょう」

アデリナはツン、とそっぽを向く。

「屁理屈《へりくつ》を……」

「屁理屈ではありません。……それに、同じ館で生活をするのなら、他家の令嬢よりも婚約者である私のほうがマシではありませんか？」

言葉の応酬がそこで終わる。アデリナは彼を言い負かすことができたのだろうか。

けれどしばらくの沈黙のあと……。

「そ……そんなに……。そんなに私と一緒にいたいのか？　他家の令嬢が……そばにいては嫌だと？」

なぜかヴァルターがとんでもない勘違いをしはじめた。

「え？」

アデリナは思わず目を見開く。

父の前では、美しい婚約者ができて浮かれている小娘を演じれば丸く収まると言っていたのだが、いざ本人を目の前にして、そんな演技はできなかった。

（なんだか……腹が立つわ……）

こちらの苦労も知らない、自意識過剰なヴァルターを眺めていると、だんだんとアデリナの苛立《いらだ》ちが募っていった。

「い、いいえ……違います」

「違う？」

彼に対する未練が残っていたとしても、浮かれてなんていない。侍女になりたいのは、ひたすらに自身とクラルヴァイン伯爵家を守るためだった。

アデリナは必死になって、「ヴァルターのそばにいたい」以外のもっともらしい理由を考える。

「わ……私、セラフィーナ王女殿下の大ファンなのです。ヴァルター様との婚約のおかげでご縁ができたことを感謝申し上げます」

少し苦しい理由かもしれないと思いながらもアデリナは笑顔で言い切った。

するとヴァルターの視線がまた冷たいものに戻っていく。

「……セラフィーナの？　そんな理由ならやはり許可できない。帰れ！」

アデリナはどうやら、妹至上主義者であるヴァルターの機嫌を損ねてしまったらしい。

彼はありとあらゆる部分に難癖をつけて、アデリナを排除するつもりなのだ。

「……採用試験すら受けておりませんわ。機会すらいただけないのは公平性に欠けます」

「妙に自信があるみたいだな。十六歳になったばかりの伯爵令嬢には難しいはずだが？」

「そうかもしれませんが」

どんな試験内容でも受かる自信があるアデリナだが、あえて「できる」とは言わなかった。

いっそ、どうせ試験を受けても採用基準に満たないだろうから……と、ヴァルターを油断させてみてはどうだろうかと考えたのだ。

（どんなふうに挑発したら、乗ってくるかしら？）

しばらく思考を巡らせていると、扉がノックされた。

「お兄様、よろしいかしら？　セラフィーナですわ」

鍵となる人物——第一王女セラフィーナがやってきたのだった。

「入れ」

ヴァルターが許可を出すと、ゆっくりと扉が開いた。

輝く銀の髪に薄ピンクの唇、透き通る白い肌をした美女——セラフィーナは今日も完璧だった。

（セラフィーナ王女殿下……）

彼女と会話をしたのはほんの数回。

初めは、回帰前の今日。それ以降は公の場で何度か挨拶を交わす程度の関係だった。

（……私がなんとしても守らなければならない人……）

いつもヴァルターの隣でほほえんで——かつてのアデリナは、この兄妹が特別に輝いて見えていた。

もちろん今でもそうだ。

「わたくしの侍女になりたいと望んでいる子がいらしたのでしょう？　どうして、わたくしに秘密にするのかしら？　……ご挨拶くらいはさせてください。義理の家族となる方でもありますし」

笑顔がいっそう美しいセラフィーナが、アデリナのほうへ視線を向けた。

アデリナはサッと立ち上がり、淑女の礼をする。

「アデリナ・クラルヴァインと申します。どうぞお見知りおきくださいませ」

「セラフィーナよ。これからよろしくね？　さっそくだけれど、クラルヴァイン伯爵令嬢はわたくしに仕えるつもりがあるということで間違いないのかしら？」

「はい」

「だったらさっそく試験をしましょう！　日程はいつがいいかしら？」

助け船は意外なところから出された。

試験さえ受けてしまえば、きっとヴァルターもアデリナを排除できなくなるはずだった。

「おい、勝手に……」

「勝手はどちら？　……侍女はわたくしが決めるわ。お兄様のほうこそわたくしに無断で断らないでくださいませ」

アデリナが望み、セラフィーナが認めるのなら、ヴァルターが試験の邪魔をすることはさすがにできなかった。

「それでは三日後にいたしましょうか？　護身術がどの程度できるかも確認させていただきますから、動きやすい服装でいらしてね」

「はい！　私、頑張ります」

ヴァルターは最後まで苦虫をかみつぶしたような顔をしていたが、ひとまずアデリナの勝利だった。

三日後。アデリナは女性用の乗馬服を着て再び青の館を訪れた。

試験科目だけは事前に知らされているから、なにも不安はない。

（まぁ……回帰前の私だったら結構厳しかったかもしれないけれど）

回帰前のアデリナも伯爵家の一人娘として、どんな夫を婿にしてもやっていけるようにと両親から厳しく育てられてきたのだが、所詮は小娘だ。

婿を取って伯爵家を守るために必要な勉学と、王妃として必要な勉学は違う。

ヴァルターと結婚してからは随分と苦労したものだった。二十八歳までの努力を加えれば、自分が受からないのならどの令嬢でも無理だと思える。

（時属性だから護身術も問題ないわ）

時属性は物質の時を停止させる力である。ただし、アデリナの中で「時属性」という言葉はすでに本質を表していないものに成り下がっていた。

（時を戻す力……実際には闇属性だったわけだから）

回帰前のヴァルターは、研究内容の詳細をアデリナには語らず、資料は時戻しによって消失してしまったので、確証はない。

おそらくヴァルターは闇属性の魔力により世界をまるごと分解し、指定した日と寸分違わぬ状態に再構築したのだ。そして、アデリナの記憶だけが時属性の魔法によって保護されこの状況になってしまっていた。アデリナの「停止」よりも、ヴァルターの「分解と再構築」のほうが、よほど時間を操れているのだった。

（とにかく、時属性は最強の盾なんだから）

そう言いながら、城が陥落寸前だった回帰直前、不意打ちを食らい、魔法の発動が間に合わなかったのであまり説得力がなかった。

それでも、戦闘訓練などあらかじめ指定されている短い時間、身を守るのは得意だ。

誰が相手でもアデリナを倒すことはできないだろう。

自信満々で三日前と同じサロンに入る。この日、軍人であるヴァルターは職務があり不在だった。

部屋の中にはセラフィーナとその護衛と思われる女性軍人、そして年嵩のメイドがいた。

「ようこそクラルヴァイン伯爵令嬢。……今日は頑張ってくださいね」

「はい、全力を尽くします。王女殿下」

「ではさっそく筆記試験から始めましょう」

先日はなかった、物書きにちょうどよさそうな机と椅子が運び込まれている。

アデリナがそこに座ると、さっそくセラフィーナが問題用紙の束を差し出してきた。

「時間は一時間半でお願いね？　全科目で八割以上が合格点です」

「はい」

一枚目が語学、二枚目、三枚目が数術、四枚目以降が歴史――。休憩を取らず、複数の科目の時間配分を自ら考えて解いていく方式だった。

「それでは始めてください」

懐中時計を手にしている年嵩のメイドが試験の始まりを告げた。

アデリナは素直に一枚目の語学から取り組む。

（な、なにこれ？　……本当に採用する気があるの？）

いきなり隣国の言葉を完璧に話せなければわからないくらいの難易度だった。

侍女は、一般的な使用人とは違う。

高貴な女性の側近――話し相手という位置づけだ。主人のお世話もするが、一緒に出かけたり、お茶を楽しんだり、ドレス選びを手伝ったりとその職務は多岐に亘《わた》る。

話し相手として対等でいるためには主人と同程度の教養が必須だった。

けれど、アデリナが今解いている問題は、外交官採用試験くらいの難易度だ。九割は正解できる自信があるのだが、一般的な令嬢が家庭教師から習う範囲ではない。王族だって、隣国からの客人を招くときには通訳として外交官をそばに置く。ここまでの能力は必要ないはずだった。

「どうかしたのかしら、クラルヴァイン伯爵令嬢」

「い……いいえ……」

「まさか、お兄様の婚約者であるあなたが、この程度の問題を解けないはずはありませんよね？」

にっこりとほほえむセラフィーナ。

三日前と同じ笑顔のはずだが、なぜかゾクリと悪寒がした。

「え……？」

「あなたのような平凡なお方が……女神と呼ばれているわたくしに仕え、恐れ多くもその兄である第二王子を婿に迎えるのでしょう？　せめて……賢くないと……ね？」

今の言い方には、完全に悪意が含まれている。

（う……嘘でしょう？　これが女神……なの？）

アデリナは今、わかりやすく見下されているのだ。

回帰前から前回の対面まで、一切疑っていなかった女神のイメージが崩壊してしまった。

あまりの衝撃で、ペンを動かす手が止まる。

(まさか、セラフィーナ王女殿下の性格が……こんなに悪いだなんて)

思い返すと、彼女はアデリナのことをずっと「クラルヴァイン伯爵令嬢」と呼んでいた。

兄の婚約者に対し、あまりに他人行儀ではないだろうか。

セラフィーナに仕える者が極端に少ないのは、彼女自身が進んで候補者に嫌がらせをした結果なのかもしれない。

(とんでもない小姑《こじゅうとめ》じゃない！　……もう帰りたい。なんで私、この人たちのために苦労しなきゃならないのよ)

婚約者に冷たいヴァルター。

未来の義姉に嫌がらせをしてくるセラフィーナ。

なぜか二人を守ろうとしているアデリナ——とにかく理不尽だった。

普通ならここで帰っても許されるだろうし、おそらくセラフィーナも帰ってほしいと思ってやっているのだ。

(でも！　私は屈しないわ。……セラフィーナ王女殿下に負けてなるものか！)

アデリナには退路がなかった。半年後に訪れるセラフィーナ暗殺を阻止しなければ、ヴァルターが闇属性に囚われ、また回帰してしまうかもしれない。

計画は、セラフィーナの性格がいいか悪いかで変更するものではない。

そして、かつて王妃だった記憶を持っているアデリナのプライドは高かった。元来負けず嫌いでもあり、闘争心に火がついたのだ。

「あらあら震えてしまって……お帰りになってもいいのよ？」

彼女は一つ勘違いをしていた。

十二年という長いあいだ、もっと強烈な人物《ヴァルター》をそばで支え続けたアデリナだから、憤ったとしても、傷つき心が折れることはないのだ。

「おそれながら王女殿下。……試験中ですからお静かに願います」

「そうでしたわね。せいぜい悪あがきをなさって」

セラフィーナはどこからか扇子《せんす》を取り出して口元を隠す。

表情がすべて見えなくても嘲笑《あざわら》っているのがわかった。

（この……性悪王女！　兄妹揃《そろ》ってそのうちにギャフンと言わせてやるんだから）

アデリナは一度大きく息を吸い込んでからゆっくりと吐き出した。

そうやって心の中にあるモヤモヤをすべて追い出し、目の前にある紙の束と向き合う。

それから集中して問題を解いていくのだった。

「そこまでです」

予定時刻になり、メイドが試験の終了を告げた。

試験を受ける者が一人だけだったためなのか、その場で採点が行われる。

問題はセラフィーナが作ったものではなかったようで、ペンを持った彼女が回答を見ながら点数の計算をしていく。

「九割……正解……ね。語学は全問正解？　……これは……どういうことなの？　文官登用試験と同じ難易度なのよ！　普通の伯爵令嬢が解けるなんておかしいわ」

やはり、落とすことが前提の試験だったのだ。

「学問は得意なので」

アデリナは嫌味になるとわかって余裕の笑みを浮かべた。

「へ、へぇ。まぁ……わたくしの侍女になりたい者としての心構えとしては当然ね。でも、それだけではまだ足りませんわ」

入れ替わるようにしてセラフィーナからは余裕が失われていく。

採用するつもりのない者が高得点を叩《たた》き出し、動揺が隠せなくなっていた。

次は、楽器演奏などの趣味やたしなみについてや、淑女としてのマナーについての試験だ。

セラフィーナ側がしつこく確認してきたのは、式典などの公式行事の際に王女がどんなドレスを選ぶべきか、どんなアクセサリーがタブーなのかなどのしきたりについてだった。

(元王妃の私に答えられないはずはないわ)

アデリナはすべての問いにサクサクと答え、セラフィーナに文句を言わせなかった。

「ま、まぁ……及第点と言っておきますわ……ね……。フフッ……フフフ……」

よほどアデリナを侍女にしたくないのだろう。

女神と名高いセラフィーナの美貌が台無しになるほど、不自然な笑い方だった。

◇　◇　◇

ついに最終試験まで辿り着く。

試験会場となるところは、回帰前に気まずいお茶会をした記憶しかない庭だった。

テーブルや椅子は片づけられていて、それなりに広い空間が広がっている。

「今から十五分間。わたくしの護衛を相手にして立っていられたら合格とします。死なない程度の魔法は使わせていただくから、自信がなかったら棄権しなさい。でも、まあ……間違いなく怪我《けが》をしてしまうのだけれど……」

「いいえ、棄権なんていたしません……必ず勝ちます」

「あなたも強情ね。後悔しても知りませんわよ。……ユーディット、こちらへ！」

「はっ！」

名を呼ばれて敬礼をしたのは、セラフィーナのそばにずっと控えていた女性軍人だ。

腰にはショートソード、手には弓という装備だった。

「ユーディット・バルベ中尉です。以後、お見知りおきください」

ユーディットは肩より少し上の位置で髪を切りそろえた凜《りん》とした雰囲気をまとう人だ。回帰前も彼女はセラフィーナの護衛として近くに控えていた。そのためアデリナも名前は知っている。

彼女の祖父は、ヴァルターの剣術指南役を務めていたバルベ将軍だ。

将軍は、幼少期の第二王子と第一王女の護衛役でもあった。真面目《まじめ》に職務をこなしたために、王太子派から疎まれた不幸な人でもある。

将軍はすでに引退していて、現在は孫のユーディットがヴァルターの部下になっているのだった。

部下ではあるものの、バルベ将軍に師事していた期間はヴァルターよりもユーディットのほうが長いため、姉弟子《あねでし》となるのだろう。

（この方も……半年後に……）

残念ながら回帰前に正式な挨拶を交わさなかったのは、その機会が来る前にユーディットが死亡するからである。

「アデリナ・クラルヴァインと申します。お手柔らかにお願いいたします」

「お手柔らか……にはできないかもしれません。セラフィーナ様からは、本気を出すようにと仰せつかっておりますので……頑張ってくださいね？」

ユーディットは困り顔で頬をポリポリと掻《か》いた。軍人ではないアデリナと戦うのは気が進まないが、主人の命令は絶対だ――といったところだろうか。

（ユーディット様の得意魔法は氷……のはず）

そのあたりは回帰前の記憶から情報だけは得ている。

ただし、あちらもアデリナの属性くらいは知っていると考えるべきだ。

十六歳まではあまり目立つ行動をしてこなかったアデリナだが、クラルヴァイン伯爵家が時属性の魔力を持った家系であるという事実は、一般的に知られている。

「二人とも……準備はいいかしら。即死でなければわたくしが癒やしてさしあげるわ。わたくしの貴重な治癒魔法をその身で体験できることを光栄に思いなさい。では、始め！」

大怪我をすることが確定であるかのような不穏な発言と一緒に、闘いが始まった。

『障壁』

アデリナは心の中で唱え、自分の周囲に壁を築くイメージを練り上げる。

そのあいだにユーディットは弓を構えるポーズをした。弓は本物だが、矢は存在しない。

おそらくユーディットが魔法で矢を射るイメージを創り出すための材料として弓があるのだ。

やがて弓を引く手のあたりから鈍い光が発せられた。

まっすぐに伸びたその光は氷となり、完璧な矢のかたちとなるが、いつまで経ってもユーディットが攻撃を始める気配がない。

「あ、あの……アデリナ様……」

「どうなさいましたか？」

「防御……できますか？」

主人の命令によりお手柔らかにできないと言っていた人間とは思えないほどの気遣いだ。

「はい！　時魔法の障壁を展開済みですので、かまわず矢を放ってください。これでも護身術……というか防御魔法は得意なんです」

「障壁？　透明なんですが……本当に大丈夫ですか？」

きっと軍人でもない貴族の令嬢に攻撃魔法を放つ行為が、彼女の主義に反するのだ。

「壁がどこにあるのかをお教えしても得をしないので。本当に平気ですから、ドーンとやっちゃってください」

障壁の魔法を構築したり、壊したりするには、わずかではあるが時間がかかるし、かなり魔力を消費する。

例えば、対戦相手が弓使い一人であれば後方から攻撃を受ける可能性はないから、ひとまず正面や上部に障壁を展開し、不要な場所は退避ルートとして開けておくべきだ。

そうやって魔力の消費を抑えるのが正しい戦術となる。

壁を全方向に築いているかいないか、どこにあるのかを教えるほうがいい場合、教えると不利になる場合がある。魔力でできている矢は射手の力量次第では自然の法則を無視した動きをする。障壁を可視化してしまったら隙を突かれてしまうだろう。

「そ、そうですよね……い、行きますよ」

最初から戦意を喪失しているユーディットだが、それでもどうにか矢を放つ。けれど目視でも避《よ》けられるくらいの速さだった。

「ひぃぃ！」

情けない悲鳴は攻撃を仕掛けたほうから上がった。

氷でできていると思われる矢は、アデリナの手前一メートルの付近で見えない壁にぶち当たり粉々に砕けたのだが、やはり本当に障壁があるのかが不安だったのだろう。

「ユーディット、真面目にやりなさい！」

セラフィーナから檄《げき》が飛ぶ。

（ユーディット様……あんな主人に仕えているとは思えないほど常識人なんだわ……かわいそうに）

完全に人選ミスだ。

一般人を傷つけることをためらうユーディットの攻撃を受けきるのはたやすい。

けれどアデリナのほうも、自分の能力をセラフィーナに見せつける必要がある。

ここは精神的には大人《おとな》であるはずのアデリナがユーディットに合わせるべきだった。

「障壁を可視化しますから、遠慮なくどうぞ」

そう宣言してから、アデリナは魔力を込めてやや光を反射させる障壁に造り変えた。

壁の厚みも一般的な窓ガラスから屋敷の外壁くらいにしてみる。

見た目を強固なものにすれば、ユーディットも闘いやすいはずだった。

物質の時を止めて固定する魔法だから、固定する範囲が増すと魔力の消費が激しいのだが、仕方がない。

（残り……十分くらいなら持つはず……）

回帰前に真面目な王妃だったアデリナは、魔法の修得も必死になってやってきた。

けれど魔力の保有量は人並みで、戦闘向きではないことを自覚している。

「す……すごい！　アデリナ様、ありがとうございます。これなら私も闘えます！」

開始から五分経過し、ユーディットがようやく本気を出しはじめた。

障壁が可視化されたために、壁を避ける動きで矢を放てば彼女の勝ちなのだが、さすがにそれはしなかった。

いつの間にか二人のあいだでルールが変わり、ユーディットの全力が、アデリナの障壁を壊せるかどうかの勝負になっていく。

ひたすら防御に徹するアデリナ。

矢を放ち続けるユーディット。

互いに一歩も退かないままだが、魔力の消費により二人とも息が上がっていた。

「……はぁ……はぁ……あと、二分……」

王族の護衛を務めているだけあって、本来のユーディットは素晴らしい戦士だった。

油断すると、障壁にひびが入ってしまう。瞬時に修復を行うが、魔力の消費が思った以上に激しい。

残り一分……。

矢の威力はそのままで、放たれる間隔が短くなった。

手前の壁が一つ破壊されたが、復活させる余力がもうない。

アデリナは狭い範囲に強固な壁を再構築して、とにかくやり過ごす方針だった。

「しゅ……終了！」

セラフィーナの声が響く。

アデリナはユーディットが構えをやめるのを見届けてから、すべての障壁を解除した。

「はぁ……はぁ……さすがに疲れました……」

「アデリナ様、大丈夫ですか？」

ユーディットがすぐに駆け寄ってきて、アデリナの体調を気遣ってくれる。

やはり真面目で優しい人だった。

「はい。防御だけならばそれなりにできるんですが、ルールがあるから負けなかっただけでしたね」

条件を満たしたアデリナは、試験の合否を聞きたくてセラフィーナのほうへ視線をやる。

「……いぃぃ……一回戦はあなたの勝ちよ！」

セラフィーナの声が不自然に裏返る。

それは無慈悲な宣告だった。

「一回戦？　に、二回戦もあるんですか!?　嘘ですよね？」

もう魔力切れ間近であるアデリナは、さすがに焦って聞き返した。

「あ、あるのよ！　わたくしがあると言えばあるの。わたくしがルールなの！」

間違いなく、今思いついたのだ。

試験の内容は一見無茶だが、意味があってのものだとアデリナは感じた。

要するに、セラフィーナが命を狙われたときに、自己防衛ができるかどうかを試したのだ。

本気の軍人相手に十五分間身を守ることができれば、そのあいだに応援が駆けつけてきてどうにかなるという想定だったのだろう。

だからこそ、二戦目は必要なかったし、そこまでの実力を普通の令嬢に求めるのはさすがに要求が多すぎる。

「こ……ここ、ここまで勝ち上がってきた者は、あなたが初めてね。……このわたくしが直々に相手をしてさしあげるわ」

セラフィーナは慈悲深き女神ではなく、自分勝手なわがまま王女だった。

「聞いておりません！」

当然、アデリナは強く抗議する。

セラフィーナに仕えた者はこれまでもいたはずだ。全員に同じ試験をしたとは思えない。

明らかにアデリナを落とすために内容を変えたのだ。

「言っていないから当たり前ですわ。でもそんなことは関係ありません。……これは予想外の事態が発生した場合、どのように対応するのかを見定める試験なのです！　……さあ、始めるわよ」

本人が言ったように、ここでは彼女こそがルールなのだ。

セラフィーナについては光属性の魔法の使い手で、得意魔法は治癒だとわかっているが、戦闘能力に関する情報はない。

ただ、光属性は治癒だけではなく、攻撃もできる魔法であるのは確かだ。

もしセラフィーナが攻撃魔法も得意としていたら、二戦目のアデリナに勝ち目はない。

「ちょ……ちょっと待ってください！　すみません、どなたか……なんでもいいから紙とペンを用意してくださいますか？」

アデリナは急いで作戦を考えた。

魔力が枯渇寸前であるため、ユーディットのときと同じ、受け身の闘い方はもうできない。

十五分間防御に徹するのではなく、いっそセラフィーナを戦闘不能にしてしまうしかないのだった。

（一つだけ、方法はあるけれど……）

その作戦に必要なものが紙とペンだった。

「紙……なにかしら？　闘いにそんなものはいらないでしょう？」

「闘いのあとに必要になるんです！」

「まあ、いいけれど……」

セラフィーナが目配せをすると、見守り役だったメイドが一度館に戻り紙とペンを持って帰ってきた。

アデリナはそれらを受け取り、乗馬服のポケットに適当にしまってから、大きく深呼吸をする。

「お待たせいたしました。二回戦……これが最終試験ということでよろしいでしょうか？」

「ええ、わたくしに勝てたら侍女にしてあげるわ」

審判役がユーディットに代わる。

憐れみの表情を浮かべながら大きく手を上げた。

「始め！」

言葉と同時に手を振り下ろす。

アデリナは先ほどと同じように障壁を築こうとしたのだが……。

その前に、キーンという音とまばゆい光が身体の左側をかすめていく。

遅れて熱風が襲いかかる。

目が慣れると、真横の雑草が丸焦げになっているのが見えた。

セラフィーナの手前から、アデリナの真横を通り後方まで、直線で黒焦げの線が描かれている。

（熱光線!?　この王女様、無茶苦茶だ――っ！）

「次は、わざとはずすなんてことはしないわ！　さっさと降参なさい」

セラフィーナが腰に手をあてて高笑いを始めてしまう。

牽制《けんせい》目的だとわかるが、半歩ずれていたら本当にアデリナが丸焦げになっていたはずだ。

二つ名とかけ離れた王女の行動は、アデリナの闘争心に火をつけた。

(暴力王女！　絶対に泣かせてやる……！)

アデリナは怯え、言葉を発せられないという演技をしながら秘《ひそ》かに障壁を造り上げた。

アデリナ自身ではなく、セラフィーナを取り囲むように。四方だけではなく、上部にも障壁を形成しそれをゆっくり落としていく。

「フフッ、情けない。これではわたくしの侍女なんて務まり――」

急に声が届かなくなる。

パクパクとセラフィーナの口だけは動くが、なにを言いたいのかわからない。

空気すら通さない強固な壁に囲まれ音が遮断されたのだ。

「私の勝ちです、王女殿下。……って、聞こえていないんですよね……ごめんなさい……」

ニヤリと笑い、アデリナは先ほどもらった紙とペンを取り出した。

そのあいだもセラフィーナは壁をドンドンと叩き、どうにか壊そうとしている。

『魔法を放つと、たぶん反射します』

アデリナは閉じ込められたセラフィーナに近づき、走り書きを見せた。

セラフィーナの手の付近が一瞬輝いたが、すぐに収束していった。本当に反射するか試すことは恐ろしくてできないのだ。

実際、熱光線を反射するかどうか、実験なんてしたことがないので、アデリナにもわからない。

けれど狭い空間で熱を伴う魔法を使ったら、よくないことになりそうな予感はしている。

セラフィーナも感覚でそれを理解したのだろう。

『この防御壁、空気すら通さないんです。このまま放置したらどうなると思いますか？』

もちろん、酸欠だ。魔力が残り少ないアデリナの活路はこれしかなかった。

実戦向きではないのだが、一対一の戦いではかなり有効な手だった。

『王女殿下の光魔法が私の防御壁を打ち破るのが先か、酸欠になるのが先か……試してみましょうか』

『降伏するのなら手を上げてくださいね』

閉じ込められているセラフィーナが顔を真っ赤にして怒っている。暴れると酸素を消費してしまうのでアデリナにはありがたかった。

アデリナは、悔しがるセラフィーナの表情を眺め、清々《すがすが》しい心地になっていた。

「アデリナ様……セラフィーナ様に匹敵する容赦のなさですね……」

審判役のユーディットが若干引いているが、アデリナは気にしない。二回戦を後出ししてくるセラフィーナが悪いのだ。

そろそろ本格的な魔力切れになりそうだが、それでもアデリナは不敵な笑みを浮かべ続けた。

「そこまでだ！」

急に低い声が響く。

慌てた様子で走ってくるのはヴァルターだった。

「ヴァルター様……どうして……」

「……ナ、が心配で」

息を切らしながらボソリ、とつぶやいてから視線を逸《そ》らす。

（セラフィーナ王女殿下が心配でお仕事を抜け出してくるなんて、さすがね……）

その後、妹のためにこの世のすべてを創り替えるほどの魔法を生み出してしまう危険人物であるヴアルターは、すでにその片鱗《へんりん》を見せはじめていた。とんでもない妹至上主義者だ。

「とりあえずセラフィーナを解放してくれないか？」

妹を危険に晒《さら》すな、と言いたいのだ。

（私のほうが危険だったんですけど！）

熱光線が自分の真横をかすめたのだ。普通の令嬢だったらそれだけで気絶していたはずだった。

「それならば先に勝敗を教えてくださいませんか？　私の勝ちですよね？」

「ああ、アデリナの勝ちでいい。だから早くしろ……顔色が悪い、そろそろ限界のはずだ」

「そうでしょうか？　計算上、まだ大丈夫だと思いますが」

「いいから！」

閉じ込めた空間から考えて、セラフィーナが酸欠になるにはまだ早いはずだし、彼女は相変わらず壁の中で暴れているのだが、ヴァルターからすると顔色が悪いように見えるのだろう。

理不尽な試験内容に振り回されているアデリナのほうがとっくに限界を迎えていると主張したいくらいだ。

それなのに、喧嘩《けんか》みたいな勝負をふっかけた側が気遣われている。

回帰前もそうだったが、セラフィーナが絡むとアデリナはいつも惨めな気持ちになるのだった。

障壁を消し去った途端、頭がクラクラとしはじめた。

（あぁ……やっぱり……魔力がないわ……）

これは魔力切れの症状だ。

直前まで魔法を使っていたことが信じられないほど、アデリナの中が空虚になっていく。

そして酷い頭痛がした。

（嫌だわ。……魔力切れって、症状が重いと二日くらい倦怠感《けんたいかん》が続くから……）

だんだんと視界がぼやけ、暗くなっていった。

「アデリナ？　おい！　大丈夫か……」

「はい……ただの、魔力、切れ……」

もう自分がまっすぐ立てているのかどうかすら、アデリナにはわからなかった。

なんとなく、身体が横になり、けれども転んだ衝撃はない気がした。

思考が鈍く、もうどうなってもいいという気分だった。

「……馬鹿か……」

意識を失う寸前、悪口を言われたことだけはしっかりと覚えていた。

◇◇◇

（……誰かの声がする……）

最初に聴覚が戻ってきた。

まだ考えることが億劫で、このまま眠ってしまいたいけれどそれすら願っても思いどおりにならなかった。身体が動かないのに、おそらく起きている状態――金縛りだ。

（額が温かい……誰かの魔力……セラフィーナ王女殿下？）

彼女は確か、怪我をしたら治療をしてくれると言っていた。

有言実行でアデリナの魔力切れを緩和してくれているのだろうか。

彼女のおかげで、先ほどから始まった頭痛が消えていた。

「王族が伯爵令嬢に負けてどうする？」

低い声はヴァルターのものだ。

落ち着いた声がやたらと近くから発せられている気がした。

（起きろ……動いて……起きろ、私……）

アデリナはどうにか身体が動かないものかと思い念じてみたが、なにも変化がない。

「あんな作戦でくるだなんて思わなかったのです！　妙に闘い慣れていましたし。ですけれど、この子……魔力の総量が少ないわ。別のルールで戦っていたらわたくしが……」

（そのルール……決めたのはセラフィーナ王女殿下ですよ……）

声が出せないため、アデリナは心の中でツッコミを入れた。

「……それで、アデリナが落ちるまで試験を続けるのか？」

「勝ったら侍女にするって約束をしてしまったのよね。困ったわ……」

さすがのセラフィーナも、はっきりと口にした宣言を撤回したくないみたいだ。

けれど明らかに迷っているし、アデリナをそばに置きたくないという本音がよく伝わってくる。

「ハァ……愚かなことを」

「決まってしまったのだから仕方がないでしょう！　採用試験を受けさせたほうが、この子も納得すると思ったんですもの。……このまま状況が変わらなければ、結婚は避けられないかもしれないのよ。だったらお兄様が悪役になる必要はないわ」

「善良な者はそばに置きたくないのだろう？　……じゃあいっそ、採用してからいびり倒してやめさせるか？」

だんだんとアデリナの頭の中が混乱してくる。

ヴァルターは、アデリナを自分たちの事情に巻き込みたくないと言っているのだ。

半年後に起こるはずの悲劇を思えば、今の時点で危機意識を抱いていてしかるべきだった。

そして、セラフィーナは兄を慮《おもんぱか》って未来の義家族をいびる小姑役をしているのだった。

「この子……自分を守れるだけの力は持っているみたい。わたくしも常にそばに置いて守れるわ」

それは優しい言葉だった。

（セラフィーナ王女殿下……ただの嫌がらせ……ではなかったの……？）

アデリナはセラフィーナのことを苛烈な人だと思っていた。

兄に近づくアデリナが気に入らず、わざと絶対に受からない難易度の試験を受けさせたという認識だ。

「急におかしいぞ。なんでアデリナに肩入れするんだ？」

「だって健気《けなげ》じゃない。お兄様と親しくなりたくて、こんなにも頑張ったのですから」

（違う！）

身体が動かないだけでも苦痛だというのに、精神攻撃までされている。回帰後のアデリナはとにかく不遇だった。

「アデリナが私と……親しくなりたい、だと……？　セラフィーナに憧れていると言っていたが？」

「鈍感なお兄様！　憧れている者の目じゃなかったわ。どちらかといえば、あれは好敵手に向けるまなざしね。嫌味を言っても立ち向かってくるし……それくらい本気なのよ」

ヴァルターに対して本気――という意味に聞こえた。

（勝手に決めないで……私は本気だけれど……ヴァルター様を好きだからじゃないわ）

ただ、未来のために必死なのだ。

ヴァルターを好きだったかつての自分を否定するつもりはないが、別の恋をする決意も変わらない。

（早く起きなさい、私！　……このダメ兄妹の勘違いを……今すぐ正すのよ……）

感覚を研ぎ澄ませる。すると自分が横向きで寝転がり、なにか温かいものを枕にしていることがわかった。額は誰かに触れられている。

わずかではあるが、ふんわりとした魔力が流れ込んでくる。これが光属性の力なのだろう。

この魔力だけで、セラフィーナが悪人ではないとわかってしまう。

慈愛に満ちた、女神の力だ……。

「……王女……殿下……？」

ようやく瞼《まぶた》が開かれた。ソファに座ったセラフィーナの姿が最初に見えてきた。

（やっぱりセラフィーナ王女殿下が……治癒魔法を……）

魔力不足を補う魔法もあったのだ。

触れられているところがぽかぽかとして、春みたいな優しい魔力が注がれていく。違う属性のはずだが、身体の中で自分のものになっていくのがわかる。

「あら、ようやくお目覚めなのね？　手間のかかる子ですこと！」

今更不機嫌そうにしても、彼女の本心を聞いてしまったばかりだから、まったく響かなかった。

ムッとした表情まで可愛らしく見えてくる。

（あれ……？　でも、セラフィーナ王女殿下の手……私に届いていないような……）

枕にしているのは誰かの膝で間違いない。ただし、ドレスではなかった。

そしてアデリナは横向きで寝転がっているというのに、なぜかセラフィーナの顔がよく見えている。

さらに、先ほどから額に大きな手があてられているのも気になる。

セラフィーナはローテーブルの先――向かいのソファに座っていて、アデリナの額に手が届くはずがない。

(……こ、この現実を受け入れたくない)

膝枕の主が誰なのかは普通に考えれば察しがついた。

光属性の治癒魔法が使われていて、それがセラフィーナでないとしたら、アデリナに膝枕をしている人物は一人しかいなかった。

「アデリナ」

名を呼ばれた瞬間、羞恥心に苛まれはじめると、急に金縛りが解ける。

アデリナは勢いよく身を起こし、膝枕をしてくれていた人物から距離を取った。

慈愛に満ちた、女神の力――という感想は、瞬時に封印する。

(私……膝枕をされながら、こんな視線を向けられていたの?)

同じソファに座っているのは、これまでになく不機嫌そうなヴァルターだった。

到底、婚約者を見つめる瞳ではない。

「ヴァルター様……。あ、あの……あなたも治癒魔法を……?」

「光属性だからな、一応少しは使える。セラフィーナにやらせるまでもないから私が行った。……なにか問題でもあるのか？」

「い、いいえ」

彼が闇に囚われたのは、セラフィーナの死がきっかけだった。

それまでの半年間、アデリナは時々伯爵邸に訪れるヴァルターと気まずいお茶の時間を過ごしたり、義務として参加する社交の場での同伴を求められたりした。

彼について、深く踏み込んだことはなかったし、光属性の魔法を使っているところはほぼ見ていない。誰かを癒やす魔法が使えたことすら知らなかった。

（表情は怖いけれど……魔法は優しい……のね……）

アデリナの知っているヴァルターは、孤独な人だった。いくら寄り添おうと思っても、壁があって近づけない。真に誰かに心を許すことのない寂しい人だ。

彼から放たれる魔力も冷たい夜みたいな印象で、今とはぜんぜん違っている。

今の彼こそが本来の姿ならば、アデリナは長く想いを寄せてきた相手をまったく理解していなかったのだろう。

それはとても悲しいことだと感じた。

「ヴァルター様、ご迷惑をおかけいたしました」

「セラフィーナが無茶をさせたのが悪い。気にするな」

「わたくしが悪い？　いいえ、正当な採用試験よ！」

「……セラフィーナ、少しは反省しろ」

ヴァルターに釣られてアデリナは正面のソファに座るセラフィーナのほうへ向き直った。

「王女殿下……あの……」

セラフィーナは優雅な手つきで紅茶のカップを口元まで運び、そしてまた偉そうな態度を取る。

「わたくし、側仕えには名前で呼ぶことを許可しているのだけれど」

コホン、とわざとらしい咳払《せきばら》いをしてから、彼女は言葉を続けた。

「セラフィーナお姉様……と呼んでもいいわよ。光栄に思いなさい」

「セラフィーナ……お、ねえ……さま？」

いちいち尊大な態度だが、だんだんとそれが照れ隠しに見えてくる。少し前から意識があり、二人の会話を聞いていた事実を告げたら、セラフィーナはどんな反応をするのだろうか。

興味があったが、アデリナは兄妹のやり取りを心の中にしまっておくことにした。

「そうよ。いずれ義理の家族となるのだし……わたくしのほうが四つも年上だもの。わたくしがお姉様よ！　……人手不足なのだから、できるだけ早く支度を済ませて青の館で暮らすのよ」

「はい！」

ひとまず、アデリナはセラフィーナ付きの侍女として城勤めをすることが決まった。

前進は前進だが、大した力を持っていないアデリナがセラフィーナを守り抜くことはきっと難しい。

それでも立ち止まっている暇はないのだった。

【4】追憶編　見守ることしかできない令嬢の話

それはセラフィーナ暗殺事件から一年後の出来事。

この日、第二王子派の面々は拠点としている南の砦《とりで》で会議を開いていた。

ヴァルターの所領と隣接しているオストヴァルト王国の南部は、今から百年ほど前に併合された地域だ。古くからのオストヴァルト貴族たちとは明らかな格差がある。

例えば、南部貴族は大臣などの要職には採用されないだとか、北側の大貴族にだけ有利な税制度になっているだとか……。ヴァルターはセラフィーナが暗殺される以前から、カールとの対立を見越して南部貴族たちと秘かに盟約を結んでいた。

ヴァルターが国王となったあかつきには、すべての格差を是正するという約束で、協力を得ているのだ。

成功すれば不平等が解消されるだけではなく、大貴族に代わり新しいオストヴァルト王国の重要な役職を南部貴族たちが担うことになる。

第二王子派の士気は高かった。

アデリナは、父エトヴィンと一緒にヴァルターの補佐官を務めている。

重要な会議には必ず出席し、議事録をとっていた。

「思った以上に手こずっているな……」

ヴァルターが戦況報告を聞きながら、つぶやく。

セラフィーナの死以降、一人で大軍に匹敵するほどの力を解放したヴァルターだが、その身一つではすべての戦場に赴くことはできないのだ。

　そして、敵であるカールも決して弱い相手ではなかった。

　カールは今、圧倒的な火属性の魔力を誇示することで、実質的な国王となっていた。

「どうやらあちらは『血染めの薔薇《ばら》』を使っているようです」

　臣の一人、コルネリウス・ランセルからの報告が上がると、室内がざわめいた。

「血塗られた……悪魔の力ではないか！」

「いつからそんなものを。あの王子の異様な強さは偽物だったということか」

　ヴァルターは軽く手を挙げ、臣たちへ落ち着くようにと促す。

　血染めの薔薇は、魔力を増幅させる効果を持つ石だった。

　見た目は鮮やかな赤い宝石だが、鉱物ではない。

　魔力を持つ者の心臓から流れる新鮮な血が材料となっているのだ。

　当然、そんなものを作るのは違法であり、たとえ王族であっても許される行為ではなかった。

「闇属性の第二王子か……血染めの薔薇の王太子か。この国は誰が次の国王となっても地獄だな」

「ヴァルター様！」

　ヴァルターが自嘲気味に笑うものだから、アデリナはつい大声を出していた。

　闇属性は聖トリュエステ国から異端扱いされている力ではあるが、少なくともヴァルターは理性を保って使用している。それに、望んで得た力ではない。

　オストヴァルトの民も、ほとんどの者がトリュエステ教を信仰している。

　信仰心はあまりないアデリナだが、一応教義くらいは覚えていた。

　トリュエステ教では、人がその生まれによって差別されることがあってはならないのだという。

だとしたら、自分で選ぶことができない魔力属性でその者を差別するなんて矛盾している。

ヴァルターが非難される正当な理由はないとアデリナは信じている。

一方で血染めの薔薇は、人の命を犠牲にして己の欲望を満たすために作られるものだ。

作る者も使う者も、間違いなく罪を自覚している。

ヴァルターとカール。二人の王子を同列に扱っていいはずがない。

「冗談だ、許せ。アデリナは最近、私に厳しいな」

「士気に関わりますからご注意ください」

「わかった」

相変わらずヴァルターは笑みを浮かべたままだ。

けれど、アデリナはその笑みが嫌いだった。少なくともセラフィーナを失う前の彼はアデリナにほほえみかけることなどなかったし、冗談なんて一切言わない人だった。

温和になった、アデリナに関心を向けてくれるようになった——そんなふうには到底感じられない。どこか壊れて、彼がどんどんと悪い方向に変わっている予感がして、胸が苦しい。

二人の会話が終わったところで、コルネリウスが再び口を開いた。

「ヴァルター殿下。この事実を広めるとともに、都周辺にあるはずの血染めの薔薇製造の拠点を潰すための策を検討せねばなりません」

血染めの薔薇は簡単に作れるものではない。贄《にえ》となるほうも一定以上の魔力を有していなければならないが、作り手にはそれ以上の能力が求められる。

血を精製するための大規模な施設も必要で、どこかに拠点があるはずだった。

そこを潰せば、しばらくのあいだ血染めの薔薇は供給できなくなり、敵戦力をそぐことに繋がる。

「そうだな。調査は引き続きコルネリウスに任せる。……拠点を見つけ次第、私が直接潜入部隊の指揮を執る」

拠点があるのはもちろん敵の支配地域で、おそらく簡単には奪われない都周辺だと予想できる。敵が悪魔の力頼みで戦略を組み立てているのだとしたら、守備は堅いだろう。

ヴァルターは自ら敵陣への潜入と破壊工作を行うつもりらしい。

「殿下は最近、お力を使いすぎではありませんか？　総大将がそのような役割を担う必要はございません」

コルネリウスが不安げな表情を浮かべる。

「敵の懐にもぐり込むのだろう？　……ほかの者では難しい」

それは本来彼ではなく、隠密《おんみつ》部隊とか工作員とか……そういう者が担うべき役割だ。

けれど闇属性に支配されて以降のヴァルターは、総大将でありながらも自分を兵器として扱い続けるようになった。ボロボロになっていくヴァルターを見ていられないときがある。

結局、ヴァルターの圧倒的な魔力に依存している状態の第二王子派の中に、代替案を出せる者はいないのだった。

血染めの薔薇の供給源を断ち、カールの悪行を暴く。

これは、現王家を断罪する正当性を得るための作戦でもあった。

その後も様々な議題が持ち上がり、やがて会議が終了した。

自室へと向かうヴァルターに、アデリナは付き従う。

部屋に着いたところで、ヴァルターが脱いだ上着を受け取る。

（最近、婚約者である事実を忘れそう……）

今は戦時中ということもあり、社交もなければ、街でデートをすることもない。

以前よりも一緒にいる機会は格段に増えたが、ただ彼に仕える補佐官になっただけだった。

国王も敵となっている状況であるため、ヴァルターとアデリナの婚約はどちらかが解消しようとするだけで、すんなり叶うだろう。

二人ともその話をしないまま、いつの間にか彼の臣になっていた。

彼を好きかどうか、アデリナ自身にもよくわかっていなかった。ただ、セラフィーナを失って以降の彼を見ていられず、どうにか立ち直ってほしいと願ってはいた。

そしてセラフィーナを暗殺した王太子カールには、アデリナ自身が強い嫌悪感を抱いていて、どう考えてもあちらの陣営に加わる自分が想像できないのだった。

疲れた様子のヴァルターが、ソファに深く腰を下ろす。

闇属性を解放してからの彼は、有り余る魔力を抑え込むのに苦労しているみたいだ。

おそらく、今も苦痛に苛まれているのだろう。

「ヴァルター様、御髪が乱れて……」

アデリナは無意識に手を伸ばし、一年前に闇色に染まった彼の髪にそっと触れた。

「……あっ！」

けれど次の瞬間、バチッと小さな衝撃が身体に走った。

痛みを感じた指先を見ると、猫に引っ掻かれた程度ではあるものの、切り傷ができていた。

「す……すまない！　一年経ってもまだ制御できないとは」

ヴァルターが手を伸ばす。けれど怪我を負った右手に触れる前に、その動きは止まってしまった。

また触れて、同じ現象が起こることを危惧したのだろう。

「大した傷ではありません。気になさらないでください」

「……私には、君が怪我をしても治してやれる力がない。もう……壊すことしかできなくなってしまったんだ」

アデリナは右手の拳をギュッと握り、わずかに流れる血を隠す。

代わりに左手でヴァルターに触れた。

ここでアデリナが怖がる素振りを見せたら、壊すことしかできないと言った彼の言葉を肯定してしまうみたいだ。

彼がどこか遠く――セラフィーナと同じ場所に行ってしまうのではないかという不安感が拭えず、アデリナは必死だった。

今度は弾かれず、きちんと彼に触れられた。

「そんなことはございません。……私はあなたに……守られています」

「……そう、だろうか……」

今の言葉が正しかったのか、アデリナにはわからなくなっていた。

ただ妹の敵《かたき》を討ちたいだけのヴァルターに、王となることを強要している者の筆頭はアデリナかもしれない。

ずっと間違った選択を続けているのではないかという不安感を抱きながら、それでも進むことをやめられなかった。

立ち止まった瞬間に、破滅が待っていると察していたからだ。

血染めの薔薇で、戦力強化を図った王太子派との争いは、その後二年間続いた。

これは、血染めの薔薇の供給源が敵本拠地のオストヴァルト城内地下にあり、最強となったヴァルルターといえどもそこへ踏み入ることが、なかなか叶わなかったからだ。

約三年間の内戦の終盤でアデリナは家族を失ってしまう。

その頃から、アデリナはヴァルターの強さに依存するようになっていった。自分が彼を追い詰めているという罪悪感を覚えながら、それでも離れたいとは思わなかった。

カールとバルシュミーデ公爵を討ち、彼らを止められなかった国王にも責任を取らせ、ヴァルターは血塗られた玉座に座った。

のちの調査によって、血染めの薔薇の研究や製造はヴァルターとカールの父、廃された国王の代から行われていたことが判明する。

王家の強さと威光は、邪悪な力を源にしていたのだ。

即位直後のヴァルターは、闇属性の魔力保有者ではあるものの、血染めの薔薇を秘密裏に製造した悪辣非道な王族を粛清した英雄でもあった。

そのため当初は聖トリュエステ国もヴァルターの存在を黙認していた。

大きなきっかけは、内戦で疲弊しているだろうという予測で、オストヴァルトの西側にある国が領土拡大のために攻め込んできた事件。

その際、和睦を受け入れなかったヴァルターの苛烈さと、完全なる勝利により国力が増した事実に周辺国が警戒を始めた。

複数の国の思惑で、意図的に闇属性が邪悪な力である部分が強調される。

気がつけばヴァルターは魔王と呼ばれ、周辺国から恐れられる悪《あ》しき王になっていたのだった。

【5】女神の侍女になりました

どうにか侍女になったアデリナは、一週間で出仕の準備をして、再び青の館を訪れた。

季節は春。防寒着などは必要ないため、ひとまずの引っ越しの荷物は馬車一台に積載可能な程度に収まる。

(まずはセラフィーナお姉様から信頼されるようになって……それから、時戻しの魔法についてお二人に話すの！　そうしたらきっとヴァルター様が動いてくださるわ)

馬車での移動の最中、もう一度今後の方針について整理した。

時戻しは、ヴァルターが生み出すまで存在しない魔法だ。

数多の魔法研究者が時間を操る方法を模索したが不可能とされているため、信頼を得られないうちに話せば、荒唐無稽だと笑われてしまう。

笑われるだけならばいいが、虚言癖があると疑われて解雇されたら取り返しがつかない。

(それにしても、これから危険な場所に乗り込むというのに、私ったら随分前向きね)

これまでのアデリナならば、半年後に暗殺者が現れることが確定している場所になんて、絶対に行かない。

それに、オストヴァルト城の地下では血染めの薔薇の研究が行われている。オストヴァルト城は、王妃だったアデリナの感覚ではつい先日まで自分の住まいという認識だが、恐ろしい場所でもある。

やはり、数々の危機を経験した二十八歳までの記憶が、アデリナの行動を大きく変えていた。

やがてアデリナを乗せた馬車は普段とは違う入り口から城内へと入り、青の館の前まで進んだ。

荷物があるため、あらかじめ許可を得ていたのだ。

馬車を降りるとユーディットがそばまでやってきてエスコート役を引き受けてくれる。

「ありがとうございます」

「お安いご用ですよ、アデリナ様」

男装をしていても明らかに女性だとわかる人だが、立ち居振る舞いを含めるとヴァルターよりもよほど王子様という言葉が似合う。素敵な王子様に誘《いざな》われ、歩み出す。

館の中まで進むと、やたらと偉そうな態度のセラフィーナが立っていた。

その後方に前回も会っている年嵩のメイド、ほかには回帰後の世界では初めて出会う二人の青年の姿もある。まずは、挨拶からだ。

「本日より正式に王女殿下の侍女を務めさせていただくこととなりました。アデリナ・クラルヴァインでございます。どうぞよろしくお願いいたします」

侍女にふさわしい落ち着いた印象のドレスと、ヴァルターからもらった真珠のネックレスという姿で、アデリナは挨拶をした。

「お姉様……でしょう？　物覚えが悪いのかしら？」

セラフィーナは扇子をパタパタとさせながら、さっそくアデリナに悪態をつく。

「ですが、職務中で……」

「堅物なのも、つまらないわ」

「……セラフィーナお姉様、今日からよろしくお願いします」

「それでいいのよ。よろしくね、アデリナ。……さっそくだけれど、これからよく顔を合わせることになる者たちを紹介するわ」

「はい」

アデリナたちは青の館のリビングルームまで移動した。

豪華なテーブルとソファがある場所だ。お茶の用意をしているメイド以外の者が着席する。

「ちなみに、お兄様は職務で不在です。夕方には会えるはずですからお楽しみに！」

とくに会いたいとは思わない――などとは言えず、アデリナはぎこちなく笑みを作る。

「ユーディットはすでに紹介しているわね？　彼女は国王陛下の不興を買って引退させられたバルベ将軍の孫で、お兄様の部下よ。……階級は中尉。基本的にわたくし専属の護衛をしているの」

「は、はい。改めましてよろしくお願いいたします。ユーディット様」

国王の不興を買って……という説明が必要だったかどうかは疑問だが、アデリナはひとまず聞き流した。

「こちらこそよろしくお願いいたします。……それから、また手合わせしましょうね！」

「お手柔らかにしていただけるのならば、ぜひ」

主人であるセラフィーナがくせ者で、その兄であるヴァルターが心に闇を抱えている。青の館の職場環境はお世辞にもいいとは言えないが、ユーディットみたいな裏表のない素直な人がいるだけで、かなり心強い。

「それから、メイドのリンダ。彼女はバルシュミーデ公爵邸で働いていたの。若いメイドが公爵に手籠《ご》めにされかかっているところを助けたことで解雇されてしまったので、わたくしが雇用したのよ」

「オホホ、もう五年も前の話ですわね。懐かしい」

バルシュミーデ公爵は、王太子カールの外祖父でセラフィーナたちの政敵だ。

いちいち紹介に理不尽な経歴が添えられているにもかかわらず、側仕えたちはなぜか明るい。

「よ、よろしくお願いします。リンダさん」

セラフィーナは残る二人の男性に視線を向けた。

「次は……お兄様の副官でベルント・ランセル大尉。彼はわたくしたちのお母様の生家……ランセル男爵家の次男なの。説明するまでもなく、わたくしたちと血縁関係にあるというだけで、大貴族から嫌われているわ」

ベルントは人懐っこい印象の赤髪の青年でヴァルターたちのいとこにあたる。

長身のヴァルターよりもさらに背が高く、肩幅も広い。そして将来ヴァルターを支え将軍となる人でもある。アデリナの記憶によれば、今の時点での年齢は二十四歳のはずだった。

彼も例にもれず、王太子や公爵から疎まれている一族の者だ。

「兄もおりますので、お気軽にベルントとお呼びください、アデリナ殿」

ベルントは歯を見せて笑ってから、彼の兄に視線を向けた。

最後に、残る一人の人物――コルネリウス・ランセルが自己紹介をした。

「お初にお目にかかります、アデリナ殿。私はランセル男爵家の長男で、コルネリウスと申します。主に第二王子としてのヴァルター殿下の補佐をしております」

コルネリウスは、弟のベルントと同じ赤髪の青年で、年齢は二十七歳。

似ているのは髪や目の色だけで、雰囲気はまるで違う。

長髪を括《くく》り、スッキリとしたジャケットをまとう、少し神経質そうな印象の人だった。

（……コルネリウス様……三年ぶり、かしら？）

武ではベルント、文ではコルネリウス。ヴァルターのいとこにあたる兄弟は、国王となった彼を支えた者たちだ。

アデリナを含め、よく三人でヴァルターを諫めた同志でもあった。

弟ベルントのほうは、ヴァルターと意見が食い違っても最終的には与えられた任務に忠実であった。時戻しの魔法が発動する直前まで、必死に城を守備していたはずだ。

一方の兄のコルネリウスは、真面目さゆえにヴァルターと衝突する回数が多かった。

アデリナよりもさらに強い言葉で、他国との協調を説き、聞き入れないヴァルターとは最終的に袂《たもと》を分かつのだ。

その後は政から は距離を取り、ランセル男爵領で暮らしていたが、周辺国が国境を侵してからの彼の消息をアデリナは知らない。

彼がヴァルターのもとを去ったことは、国が瓦解する要因の一つとなっていたかもしれない。

（……今度は、最後まで一緒にいてくださったらいいのだけれど）

ほかにも下働きのメイドが数名、青の館専属の料理人、庭を管理する者などがいるらしい。彼らについては追い追い紹介してもらえるだろう。

また、セラフィーナの護衛や館の警備はユーディットだけではなく、ヴァルターの部下で信頼できる者が担っているとのことだった。

結局、ヴァルターとセラフィーナに仕える者たちは、皆なんらかの理由で権力者から疎まれている者ばかりだ。

それが採用基準であるならば、セラフィーナがアデリナを不採用にしたかった理由も納得である。

アデリナとクラルヴァイン伯爵家は、まだギリギリのところで採用基準を満たしていなかったのかもしれない。

挨拶が終わったあとは、与えられた私室で荷物の整理を行う。

青の館は、三代前の国王が自分の愛妾《あいしょう》を住まわせるために築いた建物だという。日陰者の住まいであり、本来そういう場所に王子や王女を追いやるのは間違っている。

すべては、大貴族であるバルシュミーデ公爵家への配慮にほかならない。

本来正式な王族の住まいではない場所だが、館そのものはかなり広い。エントランスは南向きで、一階にはリビングルームやダイニングルーム、二つのサロンと使用人たちが働く区画がある。

二階は主人の私的な空間だ。

中央の階段より東側がヴァルター、西側がセラフィーナの住まいだった。

アデリナにはセラフィーナの寝室の向かいの部屋が与えられた。ゲストルームとして用意されていたものだから、調度品も豪華で、広さも雇われの身としては十分だった。

馬車から下ろした荷物は、ユーディットとベルントが運んでくれた。

アデリナは、すぐに必要になるもののみ荷ほどきをして、それらをクローゼットにしまっていく。

そんなふうに過ごし、あまり侍女としての職務ができないまま、午後になった。

「お茶の時間はわたくしに付き合いなさい。アデリナは紅茶をいれられるかしら?」

セラフィーナがわざわざアデリナの部屋までやってきて、お茶に誘ってくれる。

時刻は三時。そろそろ小腹が空《す》いてくる頃だった。

「はい、お任せください」

メイドに任せてしまうことも多いが、季節や気温に応じて茶葉を選び正しい作法で客人に紅茶を振る舞うことは、貴族の婦人のたしなみの一つでもある。

アデリナは、リンダに手伝ってもらいながら紅茶とお菓子を用意していく。

(気温が高めだからスッキリとした紅茶にオレンジのスライスを合わせて……)

初めての仕事にアデリナははりきった。

有能で、信頼できる人間であることを知ってもらわなければ、時戻しの魔法のことなど到底言えないのだ。だからこそ、全力で侍女の職務に臨むべきだった。

お茶の席は、セラフィーナの希望で館の前の庭になった。

回帰前の苦い初対面、そして無茶苦茶な熱光線という嫌な出来事しかない庭だが、これから少しずつ好きになっていけたらいいと感じる。

アデリナはすべての準備を終えてから、セラフィーナの隣に座った。

「オレンジね……さわやかでいいわ。レモンよりも優しい香りがするから好きよ。ありがとう」

セラフィーナは砂糖を一杯紅茶に入れたあと、ぐるぐるとかき回してからオレンジのスライスを浮かべ、カップを口元に運んだ。

(こんなに美しく紅茶を飲む方がいらっしゃるなんて)

アデリナは綺麗なものが好きだった。

ヴァルターにも時々見とれていたが、セラフィーナにもやはり見とれてしまう。

所作の美しさは一朝一夕で身につくものではない。傲慢に思える態度のセラフィーナだが、勤勉で、少なくとも外向きの顔は王女として完璧な人なのだ。

「アデリナ」

セラフィーナの声が急に低くなる。

「はい、どうなさいましたか？」

「この紅茶……熱すぎますわっ！」

そう言いながら突然立ち上がったセラフィーナ。紅茶のカップをスッと掲げ、アデリナの頭の上でそれをひっくり返した。

当然、紅茶は頭から顔を伝い、ドレスを汚す。

「え……？」

熱すぎると言われたのだが、なぜか熱さは感じなかった。ちょうどいい風呂の湯を浴びせられた程度の感覚だ。

けれど、この春に新調したばかりのドレスに茶色のしみが広がっていくことがショックだった。

そして、女神とは到底思えない、恐ろしいセラフィーナの表情に圧倒され、アデリナは呆然《ぼうぜん》としていた。

「あぁ……せっかくわたくしの命令をなんでも聞いてくれる侍女が手に入ったと思いましたのに、こんなに無能では意味がないわね」

「……セラフィーナ……お姉、さま……？」

アデリナは、彼女のことを少しは理解した気になっていた。

採用試験のときの傲慢な態度は、アデリナのためを思ってのもので、「お姉様」と呼んでいいと言ったあのときのセラフィーナこそが本質なのだと信じていた。

けれど、また異様な雰囲気の彼女に戻ってしまった。

（……に、二重人格……？　ではないわよね？）

悪意のある態度にもきちんと意味があると信じていたからこそ、今の彼女がまったくわからなくなった。

アデリナは滴る紅茶をハンカチで拭うことすらできずに、ただ冷たい瞳の色をじっと見つめた。

「……これはこれは、とんだ女神がいたものだな」

すると突然、拍手とともに男性の声が響く。

声のするほうへ視線を向けると、そこには金髪の青年とお付きの者が立っていた。

(王太子カール……殿下)

アデリナは汚れたドレスのまま立ち上がり、カールの前で低頭した。

いずれ、戦うことになるはずの男と、回帰後の初対面だった。

「あら、王太子殿下。ご機嫌麗しゅうございます。……青の館へようこそ」

セラフィーナは座ったまま挨拶をした。

意外なことに彼女は、自分の異母兄を「王太子殿下」と呼んでいるらしい。

彼女にとってカールは兄ではないのだと呼称だけでわかる。

「そこの者、面を上げて名を名乗れ」

王太子はセラフィーナを無視して、アデリナに命じた。

「……お初にお目にかかります、王太子殿下。私はクラルヴァイン伯爵家のアデリナと申します。どうぞお見知りおきくださいませ」

ゆっくりと顔を上げると、不遜な印象のカールの姿が見えた。

長い金髪で、きつい印象の目をした細身の青年だ。年齢は、ヴァルターよりも二つ上の二十二歳。

自身が操る火属性に合わせた派手な赤の衣装を好んでまとい、妙な威圧感を放っている。

もしかしたら、すでに血染めの薔薇の使用を始めているのだろうか。値踏みするような視線が不快だった。

「そなたがあの者の婚約者か?」

あの者——それがヴァルターを指す言葉なのだろう。

「はい、恐れ多くもご縁をいただきまして、ヴァルター第二王子殿下を我が伯爵家にお迎えすることとなりました」

「人柄だけのクラルヴァイン……か。なるほど、地味でつまらなそうな女だ。大して美しくもないな」

地味かもしれないが、アデリナは不細工ではないはずだ。

回帰前の公の場ではヴァルターの隣に、そして今はセラフィーナのすぐそばにいるから相対的に下に見えているだけだと信じたい。

（そもそも初対面の女性に……なんてことを言うのよ……）

カールは、火属性の魔法の使い手としては優秀で、強き王になるだろうと言われているが、王太子としての評判はあまりよくない。

傲慢で、身分の低い者を同じ人間とは思っていない部分がある。

それはのちに、血染めの薔薇の事件でも証明される事実だった。

反論も肯定もできないまま、しばらくのあいだ庭を沈黙が支配した。

「それで王太子殿下。今日はいったいどのようなご用があって、こんな場所までいらっしゃったのでしょうか？」

問いかけたのはセラフィーナだった。

「フン……。先ほどのやり取り、できることならばおまえの信奉者たちに見せてやりたいものだな」

「どうぞご勝手に。どちらに信用があるのか、勝負するのも一興ですわ」

キラキラとした笑みで応戦する。

セラフィーナを女神として崇《あが》める者たちは当然信じないだろう。

そして、苛烈な性格であからさまに異母妹を憎んでいるカールが、どれだけセラフィーナの悪事を言ってみても、あまり信憑性《しんぴょう》がない。

王太子派の貴族でさえ、心の底から信じるかどうかあやしい。

（それにしても、王太子殿下はセラフィーナお姉様の裏の顔をご存じなのね。裏なのか表なのか……よくわからないけれど……）

アデリナは、この頃になってようやく紅茶をかけられた理由を理解しはじめた。

「女狐《めぎつね》が！ ……まぁいい。ヴァルターが婚約した途端、その相手がおまえの侍女になったというか、どれだけ親しい関係なのかと思えば……フフッ、ハハハッ！」

「あら、わたくしたちさっそく仲よくなりましたのよ。アデリナはちょっとお願いしただけで、喜んで侍女になるって言ってくださったの。今だって忠実に仕えてくれていますし、彼女がお兄様の婚約者になってくださって、とーっても感謝しておりますの」

どれほど美しい笑みを浮かべていても、その仲よしであるはずのアデリナのドレスが汚れている状態では逆の意味にしか聞こえない。

（なるほど……セラフィーナお姉様は私のために……）

表は女神、裏は傲慢王女として振る舞っているが、そのどちらも彼女の本質ではないのだ。

（女神を演じる悪女……を演じる、素直じゃないけどやっぱりいい人……。つまり一周回っていい人……ってことでいいのかしら？）

アデリナはセラフィーナの人柄についてそう結論づけた。

彼女はきっと、カールがこの館に近づいている気配に気づいて、アデリナを侍女として採用した経緯を隠そうとしてくれたのだ。

カールは間違いなく、アデリナがセラフィーナの奴隷状態であると誤解している。

「つまらぬ」

カールは踵《きびす》を返し、お付きの者たちを従え去っていく。新しく異母妹の侍女になった者が冷遇されている様子を眺め、そんな感想を抱くのだから、相当歪んでいる。

（どうにか、先手を打ちたいわ）

アデリナは去っていくカールの背中を見つめながら思案した。

今の時点ですでに、カールとの対立は避けられない。

この先、王子同士の争いが勃発する根本的な原因はそれぞれの母の死であり、どうあっても禍根を取り払うのは不可能だった。

カールの母――公爵家出身の妃は、出産後から体調を崩し寝込みがちだったという。

そんな時期に、国王のお手つきとなってしまったのが、ランセル男爵家の娘――ヴァルターたちの母だった。

国王の不貞を知った一番目の妃はショックを受け、ついに快復することなく亡くなる。そして彼女の死後まもなく、国王はヴァルターの母を二番目の妃として迎えたのだった。

二番目の妃の出産時期から、最初の妃の存命中に国王が浮気をして子をなしたのは周知の事実となった。

（バルシュミーデ公爵の怒りに押されて……国王陛下は望んで迎えたはずの二番目のお妃様を蔑ろにしはじめるのよね……）

国王は愚かにも、大貴族を実際に敵に回してから人心が離れつつある事実に気がついた。

そして、しわ寄せはすべて力なき母と子に行ったのだ。ヴァルターの母は、妻帯者を誘惑した悪女に仕立て上げられ、貴族たちの侮蔑と嘲笑の的となった。

もちろん、男爵家の娘が国王に逆らえるはずはなく、どちらに主導権があったのかは明らかだが、貴族社会では身分の低いほうが悪にされてしまうのだ。

結局ヴァルターの母は、王妃となってから四年後に故人となるのだった。

証拠はないままだが、公爵家が放った暗殺者に殺されたと言われている。

カールは自分の母が身罷《みまか》ったのは、国王の不貞のせいだと思い、憎しみの矛先を浮気をした父親ではなく、誘惑した悪女とされたヴァルターの母親一人に向けている。

一方、ヴァルターのほうも母親を王太子派の手の者に殺されたと考えていて、こちらは権力者を断罪する者がいなかったからうやむやにされたが、ほぼ間違いなく事実だ。

アデリナの干渉により、回帰後の世界でセラフィーナの暗殺を阻止しても、結局は王子のどちらかが倒れるまで、争いの火種は消えない。

この時期、ヴァルターは南部貴族と盟約を結んでいて、いずれ訪れる戦いに備えている。

（でも……それではダメ……）

半年後に対立しては遅い。

アデリナの理想の未来では、ヴァルターが闇に染まらず、光属性のままであり続ける可能性がある。

光属性のヴァルターの力を、アデリナはすべて知っているわけではない。

けれど、心までも焼き尽くす勢いの闇属性の力よりも戦闘力では劣っているはずだった。

セラフィーナの死を回避した結果、カールの力はそのままで、ヴァルターの力だけが弱まってしまう危険性がある。

少なくとも、血染めの薔薇の製造拠点を叩いておくことは必要ではないだろうか。

（セラフィーナお姉様の暗殺阻止と同時に、血染めの薔薇の件で現王家を断罪することを考えなけれ

ば）

アデリナは平和主義者ではないのだが、全面的な戦いには味方の犠牲が伴うのを、実体験として知っている。

小娘のアデリナの介入により、ヴァルター側に不利な条件で対立が表面化したら、元も子もない。

だからこそ、早く話を聞いてもらえるだけの信頼が必要だった。

「アデリナ……」

真剣に考え込んでいたアデリナは、周囲の声が聞こえなくなっていた。

セラフィーナに名を呼ばれ、そういえばドレスが汚れていることに気がつく。

「そんなにショックだったの？　ご、ごめんなさい」

シュンとした顔で、ハンカチを差し出してくる。

セラフィーナが素直に謝罪ができる人だったことを、アデリナは初めて知った。

「いえ、あの……」

「許して！　アデリナ……わたくしの、未来の妹のアデリナちゃん……」

「アデリナちゃん……って」

瞳を潤ませて、手を握りしめてくるセラフィーナの態度に、アデリナはなぜだか笑ってしまった。

「賢いあなたならわかっているわよね？　わたくし、あなたの立場を……その……」

セラフィーナはアデリナを四つ年下の妹分だと思っているみたいだが、アデリナのほうも彼女のことを妹のように感じていた。

必死になって弁明する様子は、どこか可愛らしい。

「迫真の演技に圧倒されてしまいましたが、もちろん理解しております。……セラフィーナお姉様、私と伯爵家へのご配慮ありがとうございます」

「そうなの。そうなのよ！　当然、わかってくださるわよね？」

「でも……お気に入りのドレスが汚れてしまったのですが……」

一生懸命なセラフィーナの姿を見ていると、つい意地悪をしたくなる。

事情があったとはいえ、採用試験のときに酷い目に遭ったので、これくらいは許されていいはずだ。

セラフィーナは困った顔で悩みはじめた。

そしてなにかを思いついたと言わんばかりにポンと手を打つ。

「……そうだわ！　今度お兄様に買ってもらえばいいのよ」

「ヴァルター様に？」

「我ながら素敵な考えですわ！　わたくしからアデリナをお買い物デートに誘うようにお願いしてみるの。あの人、気が利かないけれど、『こうするべき』って言うと、真面目に取り組むのよ」

確かに、セラフィーナの助言ならばヴァルターは素直に聞くに違いない。

名案を思いついたセラフィーナは、腰をクネクネさせながらステップを踏み出す。

「アデリナにはどんなドレスが似合うかしら……？　その真珠のネックレス、お兄様からの贈り物なのでしょう？　合わせるのなら、青もいいし、ピンクも春らしくて素敵だわ」

一人で勝手に盛り上がっている。

けれど、アデリナはあまり乗り気になれなかった。ここは正直に言うべきだ。

「あ……あの……。……そういうのは結構です」

「どうしたの？　遠慮はいらないわ。デートよ、デート！　素敵でしょう？」

「遠慮ではありません。……ヴァルター様とお買い物デートをして楽しめる自分の姿が想像できないのです」

アデリナは断言した。

実際、彼との付き合いは長いため、よくわかっている。想像できないというより、知っているのだ。ヴァルターはアデリナとのデートを楽しまないし、不機嫌そうなヴァルターと一緒にいても嬉《うれ》しくない。

それに、妹の頼みでデートをする……という部分も気になった。

（そう……回帰前のことだけれど、婚約してから最初のデート……。歌劇を観に行く約束を思いっきりすっぽかされたのよね……）

よりにもよって、セラフィーナが風邪《かぜ》を引いたから行けないという理由だった。

さらに翌日、その風邪を引いたはずのセラフィーナが公務で孤児院を視察していたという情報まであった。

つまり彼は、婚約者との初デートよりも、一晩で治る程度のセラフィーナの体調不良のほうを優先したのだ。

アデリナには兄弟はいないが、アデリナを大切にしてくれている父も母も、娘の風邪くらいで予定変更などしない。

メイドに看病を命じて、せいぜいアデリナの好物を買ってきてくれる程度の対応だ。

ヴァルターのあの行動はいかがなものかと今でも思っている。

それ以降、王命を蔑ろにしていないというアピールのために、ヴァルターが公の場でアデリナをエスコートする機会は何度かあった。けれど、回を重ねるたびに「義務」でしかないのだと思い知らされるだけだった。

「デートを楽しめない……ど、どうして？」

未来に起こるはずの話を正直に告げるわけにもいかず、アデリナは言葉を探した。

「そうですね……。ヴァルター様は女性のドレスを意気揚々と選ぶ方ではないと思います。無理をさせてもいい関係は築けません」

「男性の趣味に合わせるのは素敵なことですけれど、お兄様にそんなことを言ったら戦闘訓練しかできなくなってしまうわよ。そんなのつまらないわ。……お兄様がアデリナに合わせるべきでしょう？」

「……でも、強要はしたくないんです」

今のアデリナは、ヴァルターがあえてアデリナを遠ざけようとしていたことも知っているが、冷たい態度のすべてが嘘というわけではないことも知っている。

義務感での訪問も、土壇場ですっぽかしても許される程度のデートも、虚しいだけだった。

心が伴っていないと意味がない。

「アデリナ……本当にお兄様を気遣っているのね……婚約者の鑑《かがみ》だわ。想う殿方には尽くすタイプでしょう？」

「い、いいえ。……そうではなく……。たぶん、セラフィーナお姉様は誤解されています」

アデリナは大きく首を横に振り、セラフィーナの言葉を否定する。

デートを強要するべきではないと思うのは、アデリナが自分の心を守りたいからであって、ヴァルターを気遣っているからではない。

「誤解？　どのあたりかしら？」

「私……ヴァルター様とは三回しか会っておりません。それなのにただ婚約しただけで、相手に好意を持ち、尽くすなんて……そんなふうに考えられるほどおめでたい頭ではないのです」

「え？　じゃあ、どうして……わたくしの侍女に……？」

「婚約者からの信頼を得たいですし、共闘関係を築けたらと思っています。ただ……恋に溺れて我を忘れるようなことは……この先もないと思います」

信頼は得たい、でもまた同じ恋はしたくない。

この微妙な差異を人に伝えるのは難しい。

「で……では、もしもの話だけれど……例えば陛下のお気持ちが変わって、あなたとお兄様の婚約が強制的なものではなくなったら……どうなさるの？」

「理由がなくなれば解消されるはずです。ヴァルター様も私も、継続は望まないと思います。互いに利点がないでしょうから」

この先、ヴァルターとアデリナの婚約が強制的なものでなくなる可能性は相当高いだろう。

回帰前は実際に、そういう状態になった。

一度目は、強制する者がいなかったにもかかわらず、アデリナはヴァルターと結婚する選択をした。だからこそ学び、今は本気でもっと安心安全な恋がしたいと思っているのだ。

「利点って……。お兄様、顔はいいわよ！　この国一の美男子と言っても過言ではないわ。頭もじつはいいし、結構強いし」

「顔で伯爵家は守れません」

それにアデリナが理想とする未来ではクラルヴァイン伯爵家は断絶しない。

ヴァルターがカールを排除したらいずれは国王となるのだ。伯爵家への婿入りは叶わなくなり、自然と婚約解消となるはずだった。

もちろん、王太子を排除したら……なんていう不穏な仮説で話はできないのだが。

「あなた、寂しいくらい現実主義者なのね……。でしたら、アデリナの理想の男性ってどんな方なの？　ベルントみたいな明るくてたくましい殿方？　それともコルネリウスみたいに知的な方？」

問われて初めて、アデリナは具体的な想像をしていなかったことに気がつく。

綺麗で、でもたくましくて、知的で、素晴らしい魔法の使い手で……と条件だけを羅列していくとなぜかヴァルターを排除できない。

（そう……そういうのじゃないわ。領地の運営は私がすればいいし、必ずしも学問の分野で優秀じゃなくてもいいのよね。平和な時代なら戦う力はなくてもいい。……コルネリウス様は厳しくて怖いし……ベルント様は優しいけれど猪突猛進《ちょとつもうしん》な部分があって……）

そもそもセラフィーナとアデリナで、共通の知人男性が三人しかいない。

誰々みたいな……と表現するのが難しいのだが、真面目なアデリナはそれでも必死になって答えを探す。

「ええっと……そうですね。例えば、ユーディット様みたいな方でしょうか！　優しくて話が弾む方がいいです。なんだか、物語に出てくる王子様みたいなんですもの。それから、一途《いちず》で私だけを特別に想ってくれる方がいいなって思います」

もちろん、彼女との付き合いも浅いから別に恋心を抱いているわけでもないし、ユーディットが女性であることもきちんと認識していた。

恋愛対象にならない相手だからこそ、気軽に名前を出せたのだ。

「……お！」

突然、セラフィーナが奇妙な声を上げた。

アデリナの背後を凝視したまま、固まっている。

「お……？」

アデリナはとりあえず、セラフィーナの視線を追うように振り返る。

そこには、銀色の髪の青年が立っていた。

「お、おぉお兄様……気配を殺して近づくなんて……」

「私はいつもこうだが？」

セラフィーナは焦っていた。

そして、それ以上にアデリナも焦っている。

彼がどんな表情を浮かべているのか確認する前に無意識に視線を下げ、淑女の礼で現実逃避をする。

「お、おお……お帰りなさいませ、ヴァルター様」

アデリナの声も震え、裏返っていた。

ヴァルターがアデリナに特別な感情を持っているはずはないが、常識的に考えて、婚約者が自分とはかけ離れた人物を理想として語っていたら機嫌を損ねるだろう。

そしてアデリナの知っているヴァルターは心の広い聖人君子とはほど遠い性格だ。

（どうか、今の会話……聞こえていませんように！　聞こえていませんように！）

あまりに長時間の礼は不自然だ。

アデリナはあきらめてゆっくりと顔を上げる。そして、目が合った瞬間、これはダメだと察した。

「……ユーディットか」

うららかな春の午後にふさわしくない、凶悪な表情だ。

（どうしよう……。せっかく以前よりもマシな関係を築けていたのに）

半年後に迫る危機を回避するために、彼からの信頼は必須だった。

この失言は大きな後退になってしまったかもしれない。

「ヴァルター様……あの、私……」

「べつに私は気にしていない」

「お兄様、すごく気にしているでしょう？」

ヴァルターのほうは説得力のない顔だし、セラフィーナもわざわざ言わなくていいことを口にする。

アデリナにとってこの兄妹はとにかく心臓に悪かった。

「いいや、まったく気にしていない！　この話はもういい。……それよりもなにがあった？　アデリナのドレスが汚れているみたいだが……」

ヴァルターが強制的に話を変えた。

言われてみれば、しみだらけのドレスのまま立ち話をしていたのだ。

「そうでした！　じつは王太子殿下が……」

セラフィーナがかいつまんで、カールの来訪について説明する。

「……というわけでしたの。彼女のドレスを汚したのはわたくしですから、弁償しなければなりませんわ。どうしましょう？　……あぁ、どうしたら？　お兄様、なんとかしていただけませんか？」

セラフィーナは、まだヴァルターとアデリナのデートをあきらめていなかったのだろうか。

あわよくばヴァルターが妹の尻拭いとして買い物に付き合う方向へ持っていきたいみたいだった。

「わかった。そうだな……アデリナ、君の立場を守るためとはいえ、すまないことをした。セラフィーナの兄としてドレスについては責任を持って弁償させてもらう」

「は……はい。ありがとうございます」

まさかセラフィーナのたくらみどおり、このままお買い物デートの予定が決まってしまうのだろうか。アデリナはセラフィーナに非難の視線を送る。

すると彼女は小さく舌を出しておどけてみせた。

「損害額を報告書として上げてくれ。侍女としての給金に上乗せする」

「ええ！」

セラフィーナが大げさな反応をする。

彼女の作戦は、女心など微塵《みじん》も察しないヴァルターには通用しなかった。

（よかった……。いずれデートに行くなら、できるだけ会話をしなくても成り立つ場所がいいわ）

一生行かないというわけでもない。

ヴァルターは二人で社交の場に出る必要があると考えているから、アデリナも応じるつもりだった。

「なにか問題があるのか？　セラフィーナ」

「……問題はないかもしれませんが……やっぱりお兄様はユーディットに勝てないようですわね！」

フン、と頬をふくらませて、セラフィーナがへそを曲げてしまった。

またユーディットと比べられたヴァルターも、もちろん不機嫌なままだ。

（なんなの……この兄妹……）

発端は自分の失言だが、アデリナの侍女生活は二人のせいで前途多難だった。

それでも務めはしっかりと果たす。

主人の好みを覚え、できる限りの助言をして、セラフィーナがより女神として輝けるように努力していった。

セラフィーナは頻繁に軍関連施設や病院、孤児院などを視察し、怪我人への治療を行っている。

治癒魔法は万能ではなく、怪我や毒に対しては有効だが、病には効かない。

中には「どうして治療をしてもらえないのか」と詰め寄る患者もいたが、セラフィーナはそういう者にも真摯に語りかけ、納得してもらっていた。

青の館に戻ると悪態をつくが、人々を救う仕事を評判のためだけに嫌々やっているわけではないみたいだった。

心根が優しい人だが、口は悪い――ひねくれ者だ。

公務を終えて帰ると、晩餐《ばんさん》は大抵、ヴァルター、セラフィーナ、アデリナの三人でテーブルを囲む。

アデリナは侍女だけれど、ヴァルターの婚約者でもあるため、食事の席は二人と一緒だ。

セラフィーナとアデリナが、その日の出来事を語り、ヴァルターは頷くだけというやり取りが繰り返される。

アデリナが侍女になってから十日目の晩餐後。

部屋に戻ろうとするアデリナを、ヴァルターが引き留めた。

「……ちょっといいか？」

「はい、もちろんです」

「以前に話したとおりだが、そろそろ君を連れて社交の場に出ようと思っている」

回帰前も同じような展開だった。

そのときは手紙、今回は直接言葉で……。小さな違いが生じているが、目的は同じだ。

政略結婚の相手として尊重しつつも、個人としてはとくに好き合っているわけではないという設定が、国王とカールの双方を満足させるものになるはずだ。

「かしこまりました。ご一緒させてください」

ヴァルターは頷き、胸ポケットから紙を取り出す。

それは、回帰前にも見た覚えがある歌劇のチケットだった。

「四日後。王立劇場で歌劇を鑑賞しよう。……一応、若い女性が好みそうな演目だ」

「今、公演が行われているのは『ある伯爵夫人の純愛』ですね！　なかなかチケットが手に入らないので、嬉しいです」

回帰前とまったく同じ日、同じ演目だった。

歌劇は毎日行われているわけではないし、ヴァルターの休暇も決まっているため自然とそうなったのだろう。

（嬉しいですって言った今の言葉は……私の本心？）

アデリナは、同じチケットを目の前にして自分の気持ちがよくわからなくなっていた。

以前よりもよい関係を築くために喜ぶ演技をしたのか、それとも心から喜んだのか――本音と演技の境が曖昧だ。

回帰前とは変わった今の関係ならば、違う結果を得られるかもという期待が捨てられない。けれどまた落胆させられるかもという不安も拭えない。

アデリナは彼よりも精神的にはだいぶ成熟しているはずだが、それでも心を乱されてしまう。

「そうか……」

当日、セラフィーナが体調不良になるかどうかは、アデリナにもわからない。

風邪は誰かからうつされるものだ。アデリナの存在によってセラフィーナの行動にも差異が生じているはずだから、その影響を受けて体調が変わる可能性も十分にあった。

（でも……あまり、期待しないでおこう……）

そうやってアデリナは自分の心を守るために予防線を張る。

そしてできることならば、ヴァルターが婚約者と妹のどちらかを選ばずに済めばいいと心から願う。

（ああ、嫌だな……。また選ばれなかったら傷つく予感がするのは……私がヴァルター様への想いを捨てられていない証拠みたい）

今のアデリナは、未来を知っているからこその失望を常に抱えているのだった。

【6】追憶編　すっぽかされた令嬢の話

「ねぇ、ロジーネ。ドレスはどちらがいいかしら？」

ペールピンクか濃紺か……。アデリナは二着のドレスを取り出して、メイドに意見を求める。

ヴァルターから初めてデートに誘われたアデリナは、浮き足立っていた。

婚約者が、なかなか手に入らない歌劇のボックス席のチケットをわざわざ入手してくれたのだ。

十六歳の小娘なら浮かれて当然だった。

（初対面のときも、青の館訪問のときも……失敗してしまったから今度こそ頑張らなきゃ！）

こんなふうに誘いがあったということは、彼にも関係改善の気があるに違いない。

前向きなアデリナは、今度こそヴァルターときちんと話をしようと思っていた。

「……きっと歌劇場であれば、殿方の装いは黒でしょう。ドレスもリボンも濃いめの色がいいかもしれませんね」

ロジーネの言葉を受けて、アデリナは、大人っぽい夜の装いに着替え、美しいヴァルターに少しでもつり合う女性になろうと奮闘した。

キラキラと光る銀髪とアイスブルーの瞳を持つ青年の隣に立つには、やはり寒色系のドレスが似合いそうだ。

夜の装いにふさわしい濃紺のドレスに銀細工のネックレス。日暮れ頃には完璧な仕上がりになっていた。あとはヴァルターが迎えに来てくれるのを待つばかりだ。

やがて、黒塗りの馬車が伯爵邸へと辿り着く。

けれど、中から彼は出てこない。

代わりにヴァルターの側近と思われる男性が降りてきて、出迎えたアデリナに手紙を渡す。長い赤髪が特徴的なほっそりとした青年だった。

「私は、ヴァルター第二王子殿下付きの補佐官で、コルネリウス・ランセルと申します。大変申し訳ございませんが、我が主人はやむを得ない事情でこちらに赴くことが叶いませんでした」

「そ、そうなのですか……」

アデリナは今日の観劇が中止であるという事実に内心落胆していた。

けれど、生真面目な婚約者のことだから、きっとやむにやまれぬ事情があるに違いないのだ。そう考えて、あまり顔には出さないように努める。

コルネリウスから差し出された手紙の封を切り、中から便せんを取り出す。

そこには簡潔に、こう記されていた。

『妹が風邪を引いたから、日を改めさせていただきたい。今日の公演は、ご家族の誰かと鑑賞するといい』

手紙にはヴァルターが持っていたはずの二枚のチケットが添えられていた。

普段とは違い、走り書きみたいな文字だった。文字を丁寧に書く時間すら惜しかったのだろうか。

「風邪？　風邪ですって⁉　まぁまぁ、それはたいそうな理由ですこと」

ロジーネがコルネリウスをにらみつけ非難をする。

コルネリウスは申し訳なさそうな顔をするだけだった。

「ロジーネ。ランセル様はお使いなのだから、責めても仕方がないわ。それに、大切な妹君が体調を崩されているのなら、無理にお誘いしても歌劇なんて楽しめないでしょう。……これでいいのよ」

「お嬢様、ですが！」

アデリナはロジーネを制し、コルネリウスへ声をかける。

「ランセル様、どうかお気になさらないでくださいと……第二王子殿下にお伝えいただけますか？」

「かしこまりました」

「王女殿下のお加減がよくなったら、またお手紙をくださると嬉しいです、とも」

アデリナはコルネリウスが馬車に乗り込むまで、ずっと気丈に振る舞い続けた。

（……仕方ない、のよね……）

セラフィーナがどんな具合かもわからないのだ。こんなことで拗《す》ねては淑女として恥ずかしい。正しい対応ができた自分を褒めてあげるべきだった。

「お嬢様……」

「さあ、せっかくのチケットですもの！　もったいないからお父様にお付き合いいただこうかしら」

自分でも空元気だとわかっていた。

アデリナは、クラルヴァイン伯爵家の娘として、王命で定まった婚約者にはわがままを言えなかったし、家族を心配させる態度も取れなかった。

ただし、頭で理解をして最善の対応ができたとしても、心は抉《えぐ》られる。少しでもいいから婚約者との関係がよくなればと願っていたのに、どんどん溝が深まるばかりだった。

【7】回帰前は誤解ばかりだったみたいです

「……嫌な夢を見てしまったわ」

観劇デートの約束の当日に、回帰前の夢を見たのは、今回も同じ結果になるという予言みたいだった。

アデリナは沈んだ心をどうにかしたくて、ベッドから起き上がると、まずは用意されていた洗面用の水で顔を洗う。

朝食をとって、午後のティータイムまでは普段どおりの生活を送る。

セラフィーナもヴァルターも日中はとくに用事がないらしい。アデリナは暇つぶしの読書などをしてみたが、いまいち集中できなかった。

(セラフィーナお姉様、お元気そう)

回帰前はこの日に風邪を引いたセラフィーナだが、いつもどおりすこぶる元気だった。

館で過ごすときの日課である庭でのお茶の席に、めずらしくヴァルターもいた。

(ヴァルター様って顔に似合わず甘党なのよね)

ティータイムの準備は、この日もアデリナが行う。

チョコレートやタルトなど、彼の好みに合わせたものを多くお皿に盛りつけてもらい、それらをトレイに載せて、庭まで運んだ。

「それにしても、お兄様にしては気の利いたデートプランですわ。『ある伯爵夫人の純愛』はとても評判がいいみたい」

「……私だって婚約者への義務というものを色々考えているんだ」

「ウフフ。義務という言葉が残念ですけれど、頑張ればユーディットよりも素敵な男性になれますわ」

「知るか」

冗談を言い合って、相変わらず兄妹の仲はいい。

さすがにこの時間になれば、セラフィーナの体調が急変する心配もなさそうでアデリナも一安心だった。

（ヴァルター様とのデート……本当に、それが叶うんだわ！）

正直、だんだんと期待をふくらませてしまっている自分を認めざるを得ない。

少し浮かれたアデリナがヴァルターたちのいるテーブルに近づくと、なにか緑色の物体が二人の背後で蠢《うごめ》いているのに気がついた。

「へ、蛇!?」

アデリナが声を上げるのと同時に、蛇が飛び跳ねまっすぐにヴァルターへと向かっていくのが見えた。ヴァルターは振り返るも、セラフィーナを遠くに押しやるので精一杯のようだ。

「ヴァルター様！」

アデリナは叫び、障壁を展開していた。ヴァルターに噛《か》みつく寸前のところで蛇が見えない壁にぶち当たる。けれどそれで蛇を追い払うことはできなかった。

「……へっ？」

事もあろうに、壁に当たった蛇は奇妙にその身をうねらせ、アデリナのほうへ飛んできたのだ。

ヴァルターが立ち上がり、駆けつけようとするがアデリナの防御壁に阻まれ、瞬時に動くことが叶わない。

「障、へき……」

予想外の動きに焦ったアデリナは、もう一つ障壁を作るだけの簡単な作業に失敗してしまう。次の瞬間、腕のあたりを噛まれ、痛みが走る。

「うぅ！」

やがて蛇がボンッという音を立てて一瞬で丸焦げになった。

胴体部分は真っ黒い灰になり、アデリナを噛んでいた頭だけが残るも、しばらくすると力なく地面に落ちた。

冷静なヴァルターが、空気の流れを読んで、壁のない方向から攻撃魔法を放ったのだ。

「アデリナ！　障壁を解除しろ。セラフィーナは周囲の警戒を。一匹とは限らない」

ヴァルターに命じられ、アデリナは慌てて彼らを取り囲むように築いた障壁を消し去った。彼はすぐにアデリナの近くまで駆け寄ってくる。

(私ったら……なんというまぬけな失敗をしてしまったの)

主人たちを障壁で守ったところまでは正しい。

けれど、回帰後は一度もヴァルターと共闘していなかったのが災いとなり、彼の動きを妨げたのは明らかなミスだ。

しかも、築いた壁で跳ね返ってきた蛇が自分の近くに飛んできてしまうのだから運が悪い。

(でも大丈夫、都には毒蛇なんていないもの。ちょっと痛いだけだわ)

腰が抜けてしまったのか、アデリナはその場にへたり込む。

もう蛇は離れているはずなのに、なぜか痛みが引かない。それどころかだんだんと激痛に変わっていくし、腕が真っ赤になっていった。

「な……なんで、噛まれたところ……赤くなって……。それに、身体が痺《しび》れ……」

毒蛇だったと、なんとなく察した頃には景色が二重三重に見えていた。

「アデリナ！」

「……ティータイムが終わったら……歌劇に……ドレス、着替えなきゃ……」

激痛で意識が朦朧《もうろう》としている。アデリナはヴァルターに支えられながら、このままでは観劇に行けなくなるかもしれないという心配ばかりをしていた。

「今度こそ……一緒に……」

どうしても行かなければならない。そうしないと過去の自分が報われない。そう思うのに視界が暗くなっていく。もう抗《あらが》えなかった。

「アデリナ！　どうした!?　しっかりしろ」

真剣なまなざしでアデリナを気遣うヴァルター。

いつかの光景に似ていて、涙がこぼれた。

◇　◇　◇

アデリナにとって青の館の庭は、危険領域なのかもしれない。

同じ場所で嫌な思いをするのは、何度目だろうか。

（誰か、庭を浄化して！　……なんで私ばっかり酷い目に……絶対、呪われているわ）

回帰してからの短いあいだに二度も倒れ、またもやヴァルターたちに介抱されることになってしまった。

ぼんやりと意識が戻ると、セラフィーナの声がキーンと響く。

「カール……王太子の仕業よ！　あの蛇……普通じゃないわ。二人がかりで治癒魔法を施しているのに……効き目が悪いもの……」

「興奮するな」

「……わかっています！」

目を閉じたままだが、ヴァルターとセラフィーナがそれぞれアデリナの手を握り、解毒の魔法を使ってくれているのがわかった。

頭痛が酷く、呼吸が荒い。全身に汗をかいていて不快だが、拭う力がなかった。

「お兄様はそろそろやめておいたほうがいいのではありませんか？」

「まだ、……大丈夫だ」

「力を使いすぎたらどうなるのか。ご自分が一番よくわかっているはずです」

ヴァルターの声は苦しそうだ。

セラフィーナの繊細な手は心地よいぬくもりを与えてくれるが、ヴァルターの無骨な手はどちらが病人かわからないほど汗ばんで熱くなっている。

相当無理をしているのだ。

闇属性への転化はセラフィーナの死によって決して後戻りできない状態となったが、急に始まったものではない。

彼は自分の中に光以外の魔力が眠っている事実を誰よりもよく知っていて、ひたすらに隠している。

（この話、私に聞かれたらまずいはずだから、やめてくれないかしら？　寝たふりをするしかないじゃない……）

一人記憶を有したまま回帰したアデリナは、ヴァルターが闇属性の素養を持っていることを知っているし、気にしていない。

一方、ヴァルターにとっては、アデリナにすら明かしてはならない秘密だ。

完全に油断しているし、べらべらとしゃべりすぎだった。

「アデリナは私の婚約者なんだ。私が治療すべきだ。……それに、あの蛇は私に向かっていた。障壁がなければ噛まれていたのは誰だったか」

攻撃魔法が得意であっても、不意を突かれることがある。

それはヴァルターも例外ではない。

(都にいないはずの毒蛇……王太子殿下が二人への嫌がらせで放ったの？　回帰前も同じだったら……？　もしかしてヴァルター様が毒に侵され……だから観劇には行けなかったのかもしれない)

アデリナは毒の影響による患部の痛みと倦怠感に耐えながら必死に考えた。

回帰後の世界で記憶を持っているのは、時属性の魔力によって精神を保護されていたアデリナただ一人で、今更ヴァルターにたずねることはできない。

けれど、回帰前も同じように毒蛇が放たれ、ヴァルターが被害にあった可能性はある。

(ちゃんと言ってくれたら……よかったのに……。そうじゃないのなら、もう少しまともな言い訳を考えてくれれば……)

本人の体調不良にしてしまうと、アデリナが見舞いをしたいと言い出しかねない。

それを避けるために、アデリナとはあまり親しくないセラフィーナの風邪とした可能性はあった。

(ネックレスを渡さなかったのも、私に冷たくしたのも……デートに来なかったのも……全部、ちゃんとした理由があったの？　だけど……問いただしたくても、もうできない……)

アデリナは回帰前にどれだけの誤解をしていたのだろうか。

一つ一つ確認したくても、すでにそれは叶わなくなってしまった。

「それにしてもなんてお馬鹿さんなのかしら！」

「おい……」

「わたくしやお兄様はアデリナよりも毒に耐性があったわ。……でもこの子は……。こんなに苦しそうにして……」

言葉は悪いが、セラフィーナの魔力は優しい。

本当にアデリナを心配してくれているのだと伝わってくる。

（でも……私、病人なんですが……！）

セラフィーナは文句を言わなければ魔法を使えない体質なのだろうか。

彼女の口を止めるためにもアデリナはそろそろ起きていることを二人に伝えるべきだった。

「苦しそう……？　そういえば、こういう場合ドレスを脱がせたほうがいいのではないか？」

次はヴァルターが余計な発言をする。

「確かにそうですけれど、アデリナも未婚女性ですから、いくら婚約者の前とはいえ肌着姿になるわけには……。着替えよりも、とにかく目覚めるまで解毒の魔法を続けるべきですわ」

「ではせめて、コルセットを緩めるか」

「お、お兄様！　いけません。絶対にダメですわ」

「医療行為だ。べつにアデリナの下着姿を見たからって……なんとも思わない。セラフィーナだけで女性の身体を支えられるのか？」

アデリナはどちらかといえば痩せ気味である。

確かに繊細そうなセラフィーナがアデリナの背中を持ち上げてドレスのボタンをはずし、コルセットを緩めるという力仕事ができるとは思えないが、ヴァルターの言い様はあまりに酷い。タイミングをうかがっていたら、益々アデリナの自尊心が傷つけられる展開しか想像できなかった。

「お、お、お兄様のエッチ！」

「……違う、医療行為だ！」

ギャー、ギャーという言葉の応酬が続き、ついにアデリナの忍耐力は限界に達した。

「うぅ……う・る・さ・い……！」

仰向《あおむ》けに寝たまま、気づけばそう叫んでいた。

二人同時に目を見開き、一瞬だけ部屋の中が静かになった。

長くはもたず、すぐにセラフィーナが怒った表情で顔を近づけてくる。

「アデリナ！　心配かけないでちょうだい。……わたくしがいなければ死んでいたかもしれないのよ」

アデリナが寝ていても起きていても、セラフィーナの悪態は変わらない。

けれどその美しいアイスブルーの瞳は涙で潤んでいて、どれほど心配してくれたのかがよくわかる。

「セラフィーナ、お姉……さま……泣かないでください……。心配かけてごめんなさい」

「本当に……もう……」

セラフィーナの背後には窓がある。

まだ明るいから倒れてからさほど時間は経っていないようだった。

（それでも……観劇には行けないのでしょうね……）

おそらくすでに最高位の解毒の魔法が施されたあとだ。

にもかかわらず、いまだに立ち上がれる気がしなかった。アデリナの心は二十八歳の立派な淑女だから、わがままを言わずにあきらめなければならないとわかっている。

(私、そんなにこだわっていたの……？)

自分自身でも意外だった。

まるで恋も知らない未熟な娘に戻った気分だが、胸のあたりがモヤモヤして重くなっていく。

回帰前のヴァルターを誤解していた可能性が高くなったせいかもしれない。

「アデリナ。今の症状は？」

セラフィーナと言い争いをしていたときとは違い、ヴァルターの声色は落ち着いていて普段よりも柔らかかった。

「倦怠感と頭痛が酷いです。……噛まれたところが痛くて……。あと、眠い……です……」

「では、もう少し眠っていたほうがいいだろう」

それからすぐにヴァルターは部屋を出ていった。

入れ替わるようにユーディットとリンダが入ってきて、着替えを手伝ってくれた。

濡《ぬ》れたタオルで汗を拭き、締め付けのない寝間着をまとうと、身体が楽になる。

目が覚めたときにはもう少し症状が和らいでくれていることを願いながら、アデリナは再び目を閉じた。

◇◇◇

すぐに眠気に襲われて、次に意識が覚醒したときには部屋が真っ暗になっていた。

「起こしてしまったか？」

どうやらヴァルターがオイルランプをつけようとしていたみたいだ。

きっと、わずかな物音と気配を察して目が覚めたのだろう。

「もう……夜、ですか？」

カーテンの隙間から光が差し込んでこないのだから、たずねるまでもない。

当たり前のことを聞いたのは、まだ観劇にこだわっているからだ。

倦怠感や頭痛はほぼ消えている。それでも、ベッドから出て活動できるほどではない。

結局、回帰後の世界でも観劇には行けなかった。

（今回は……行けたはずなのに……っ）

体調が回復してきたからこそ、胸のあたりに燻《くすぶ》る痛みが強調される。

自分の行動一つで未来が変わると知っているからこそ、もっと上手《じょうず》に立ち回っていたらという後悔に苛まれていた。

「……ああ、夜の九時だ。目が覚めたときに真っ暗だと恐ろしいかと思ったんだが、余計なお世話だったかもしれない」

「いいえ……明かりというより、目覚めたときに誰かがいてくれてよかったです」

「ならばいい」

ヴァルターはベッドサイドにオイルランプを灯《とも》してから出ていこうとする。

気づけば、アデリナは手をめいっぱい伸ばし、彼の上着を摑《つか》んでいた。

咄嗟にそんな行動をしたのは、らしくなかった。けれどどうしても、そばにいてほしいと願ってしまう。

「あの、ヴァルター様！　せっかくチケットを手に入れてくださったのに……ごめんなさい」

「あんなもの、いつだってかまわない。大したものではないのだから」

その言葉はなぐさめにはならない。むしろ逆効果だった。

チケットではなく、アデリナとのデートが大したものではなかったという意味に感じられてしまう。

アデリナにとってそのチケットは特別なものだ。

観劇に行けたら、回帰前の十六歳の自分が報われる気がしたからかもしれないし、純粋に今のアデリナがヴァルターを特別に想う気持ちを捨て切れていないからかもしれない。

精神的にはもう大人だからと取り繕う余裕さえ失われていった。胸の痛みを我慢していると、自然と涙がこぼれそうになる。

「でも……初めての……私、行きたかった……本当に、絶対に……行きたかったんです」

だんだんと、嗚咽《おえつ》が我慢できなくなっていく。

彼とセラフィーナの立場が揺るぎないものになったら、簡単に婚約は破棄できる。

それは論理的に考えて正しい。けれどアデリナ自身、そうなることを心から望んでいるのか、もうわからないのだ。

（せっかく……やり直しているのに……）

過去の誤解が解けるたびに、互いに本心を語り合っていればあったかもしれない未来を望む心が抑えられなくなっている。

「アデリナ、まだどこか痛いのか!?」

「観劇に行けなかったことが悲しくて……泣いているんです！」

突然、一人記憶を有したまま回帰したときですら、アデリナは泣かなかった。

ヴァルターと過ごした十二年の日々でありとあらゆる苦労をし続けて、面倒な感情を隠すことがうまくなっていた。

ヴァルターの妻として不要だった思いは、嫉妬や期待や甘え、わがままだ。彼を煩わせてしまうことを恐れ、いつの間にか聞き分けのいい人間になっていた。

けれど過去の失敗から、従順でいても幸福な未来などないと知っている。

だったら、多少わがままでいてもいいはずだ。

「泣くな……どうしたらいいのか……私にはわからないから。泣くな」

ヴァルターは無理矢理離れることはせず、ベッドの端に座る。

「私、病人なんです。ヴァルター様が困るとしても、泣き止《や》む必要はないはずです」

「……なるほど、一理ある」

ヴァルターは手を伸ばし、アデリナの頭をポンポンと撫でた。

どうしたらいいかわからないと言いながら、彼は誰かをなぐさめる方法を知っている人だった。

◇◇◇

アデリナが泣き止むとヴァルターは部屋を出ていった。

まだ身体のだるさは残っていたがもう眠ることはできず、しばらく本を読んで過ごす。

一冊読み終わると、真夜中になっていた。

「お腹《なか》が空いたな……」

部屋に水は用意されているが、そういえば昼食以降なにも食べていない。

症状があるうちはそれどころではなかったが、改善されていくのと同時に、食欲も湧いてきた。

アデリナは寝間着の上にガウンを羽織って、そっと部屋を抜け出す。

二人の主人と最低限の側仕えしかいない館の夜は静かだ。

(厨房《ちゅうぼう》に行っても誰もいないけれど、お菓子や果物がある場所は知っているし、少し頂戴しましょう)

お茶の用意をするときに出入りしていたので、勝手は知っている。

料理人を起こすよりも、なにか食べ物をいただいて事後承諾をもらうほうが効率的だ。

そう考えたアデリナは、住人たちを起こさないように注意しながら目的の場所へと向かった。

(うぅ……なんだか悪いことをしているみたい。……でも……完全回復には栄養が必要だから……)

アデリナはお茶の時間に出される焼き菓子などがしまわれている木製の棚の中を確認する。料理長手作りのマフィンがあったため、それを二つもらい、バスケットに入れて厨房を出た。

しばらく薄暗い廊下を歩いていると、エントランス方向から音がした。

「……ひっ!」

毒蛇が放たれたばかりで、日に何度も襲撃があるとは思えないが、約五ヶ月後のセラフィーナ暗殺まで安全である保証はないのだと学んだばかりだ。

使用人の誰かか、夜間の警備をしているヴァルターの部下であることを祈りながら、アデリナはエントランスの方向へ急ぐ。

「……ヴァルター様?」

ちょうど扉が閉まる寸前、チラリと銀色の短髪が見えた。窓の外を眺めると、フラフラとした足取りで明かりも持たずに歩く人影が、庭の奥の林へと消えていくのが確認できる。

(まさか……転化の兆しが……?)

アデリナが毒の影響で苦しんでいるときのセラフィーナの言葉がすぐに浮かぶ。

光属性の魔法を使いすぎることを、彼女は不安視していたのだ。

アデリナは、属性が不安定な状態のヴァルターをよく知らない。

ただし、完全に転化したあとも力を持て余し、それでも呑み込まれまいと足掻《あが》いて、苦痛と闘っていたことは知っている。今もきっと苦しんでいるのだ。

ずっと隣にいることくらいしかできなかったが、それでもいないよりはよかったはずだと信じたい。

そう考えて、アデリナは庭に出て彼の気配を探った。

「誰だ……」

木々が生い茂る方向から、低い声が聞こえた。

「ヴァルター様……アデリナです」

ほかの者に知られたらまずいと認識していたため、アデリナは心を落ち着かせ、小声で名乗った。

互いのシルエットがわかる位置まで近づき、そこで一度立ち止まる。

「アデリナ……か……。少し……外の空気を吸いたくなっただけだ……病人が……それ以前に若い女性が……夜中に館を抜け出すなんて……」

途切れ途切れの言葉は、彼が苦しんでいる証拠だ。

猶予がないと知ったアデリナは、ためらわずゆっくりと歩みを進めた。

「来るな！」

ハァ、ハァ、と荒い息づかいが聞こえた。

ヴァルターは木の幹に寄りかかり、ズルズルと座り込む。

「……闇に囚われそうなのですか？」

ここで怯《ひる》んでも事態は好転しない。

セラフィーナみたいに憤りを表に出すことはなかったが、ヴァルターも毒蛇を放った者に憎しみを抱いていたのだ。

心が闇の方向へ傾いている状態で、回帰前にはしなかったはずのアデリナへの治療のために光属性の魔力を消耗したら、本来とは別のタイミングで完全なる転化に至る可能性が排除できない。

アデリナにはヴァルターの心を静める義務がある。

「なぜ……それを……」

問いに答える前に、アデリナは魔法を使った。

「音を遮断する魔法をかけました。セラフィーナお姉様と闘ったときみたいに完璧に空気を閉じ込めているわけではないので、窒息の心配はありません」

「なぜ……知っているのかと聞いている！」

声色だけで、苛立ちが伝わる。近づくと、髪の色が変わっているのがわかった。

（ヴァルター様は、私を恐れているのかも……）

これはいよいよ懐かない野良猫《のらねこ》に対峙《たいじ》しているのと同じになってきた。

彼は少なくとも、敵ではない者を故意に傷つけたいとは思っていないはずだ。アデリナはひたすらに自分が味方であることを説いていくしかないのだろう。

「その話をすると、とても長くなるんです。……とりあえず、今は……私の言うことを聞いてください！」

アデリナは、闇属性の力そのものは恐れていない。ただし、制御不能な力はどんな属性であっても怖い。それでも最善と思われる行動をするしかないのだった。

「闇属性は、発現のきっかけとなるのが負の感情ではないかという説があります」

「聞いたこともない……誰が言ったんだ、そんな説……」

それは転化したあと、自身の経験に基づいたヴァルターの仮説だった。

過去の例が少ないためにはっきりとしたことはわからないが、闇属性とは一般的な属性という概念を超越してしまった状態であると、彼は考えていたようだ。

元々人の身では扱いきれないほどの魔力を内に秘めていた者が負の感情に囚われたとき、それが火種となって出現するのが闇の魔力だという説だ。

まだ完全なる転化には至っていない今の彼が知らないのは当然だった。

「誰でもいいじゃないですか。騙されたと思って、好きなものについて考えてみてください」

「好きな……」

「チョコレートでも、クッキーでも……ここにあるマフィンでもいいですよ」

アデリナはバスケットに入っていたマフィンを一つ差し出してヴァルターに押しつけた。甘い香りが癒やしになってくれるだろうか。

「なんでマフィンなんて……今、持っているんだ……」

「とてもお腹が空いたので、厨房から頂戴したんです。さあ、食べてください」

これは青の館の料理人が作ったものだが、毒が入っていないことを示すために、まずはアデリナが手本を見せる。

「ほら、甘いものを食べると心に余裕が生まれますよ」

訝《いぶか》しげな視線を向けながらも、ヴァルターはマフィンを口に運んでくれた。

まだ呼吸は荒いままだが、眉間のしわが取れていくのがわかった。

「好きなものについて考える。……それは人でもいいのか？」

マフィンを半分ほど食べたところで、ヴァルターがじっとアデリナを見つめてきた。

「もちろんです。あ……でも、好きな人の笑顔とか、いい思い出とかそういうものに限りますよ。好きな相手を守りたいという気持ちは……負の感情を抱くきっかけになりやすいので」

例えばセラフィーナが大切で、彼女を守りたいと思うところまではよくても、だからカールを排除しようと画策しはじめると、それはもう負の感情だった。

「セラフィーナお姉様が今日も麗しいとか、罵詈雑言《ばりぞうごん》すら可愛いとか……そういうことを想像してください」

「……なぜ、セラフィーナなんだ……？」

「例えば、の話です」

これはアデリナが迂闊《うかつ》だった。ヴァルターは二十歳の青年だから、他人から妹至上主義について指摘されるのは恥ずかしいだろう。精神的に大人であるアデリナが察してあげるべきだった。

（でもヴァルター様の好きな方って一人しかいないいんですけど……）

アデリナは彼の横に座り、マフィンを食べることにした。

妙に視線を感じるが、きっとまだ完全には警戒を解いていないのだと思い、気にするのをやめた。

一つをヴァルターにあげてしまったので量が減ったが、ひとまず空腹でつらい状態からは脱する。

隣で同じようにマフィンを口に運んでいたヴァルターも食べ終わったみたいだ。

それからすぐにヴァルターはアデリナの肩に寄りかかった。

「あの……重いんですが！」

不適切な距離に、アデリナは警戒した。

いまだに彼を嫌いになれる気配はないが、完全に抵抗をあきらめているわけではない。

これはアデリナ自身の葛藤であり、闘いだった。

ヴァルターがかつての婚約したての頃と違う態度を見せたら、絆《ほだ》されてしまいそうで恐ろしい。

未来を変えるために彼からの信頼を得ようと動いたのはアデリナだから、二人の距離が近づいたこの状況を否定できない。

結局、すべての矛盾の根源は三十二歳のヴァルターで、憤りをぶつける相手がいないのだった。

「病人だから」

「はい？」

「アデリナが困るから……などという理由で行動を改める必要はない」

数時間前の言葉を真似《まね》て、彼はアデリナの肩を枕にし続けるつもりだ。

（あぁ。本来の純粋だった頃の私がこんなことをされていたら……だいぶ危険だったわ。今は、なにかしら……？　ちょっと腹が立つ……）

けれど、アデリナの心の中を占める感情はそれだけではないのだった。

セラフィーナの影響なのか、アデリナもだんだんと屈折した人間になりつつある。

しばらく黙ったまま、木々のざわめきを聞きながら、肩のあたりから伝わるぬくもりを感じていた。

そして肩に痺れを感じはじめた頃になって、ようやくヴァルターがどいてくれた。

「少し、落ち着いてきましたか？」

息づかいからわかってはいたが、アデリナは一応たずねてみた。

「あぁ、こんなに早く脱したのは初めてだ……」

「それはなによりです」

闇属性に呑み込まれそうになったときの対処法を教えたことで、アデリナはまた一つ彼からの信頼を得られたのだろう。

約五ヶ月後――運命の日も迫っているため、このあたりで彼とは話し合いをすべきだった。

「アデリナはいつから知っていたんだ？　私が恐ろしくないのか？」

「力を暴走させる方は恐ろしいです！　ですから、どうにか制御していただけると助かります。そしていつから知っていたか……という質問ですが……」

信じてもらえるのか、正直わからない。

それでも話す意味はあるはずだ。

「私がヴァルター様の秘密を知ったのは……あなたと婚約するより前です」

「そんなはずはない！　ただの伯爵令嬢である君に情報が漏れているのなら、私はとっくに……」

今の――大した力を持っていないとされているヴァルターがじつは闇属性であるという事実が判明すれば、早々に聖トリュエステ国から異端認定されて、幽閉の身となっていただろう。

回帰前の彼がそうならなかったのは、闇に目覚めた段階で下《へ》手《た》に手出しができないくらいの圧倒的な力を見せつけたからだった。

周囲が警戒し表立って非難できないうちに、血染めの薔薇の件で功績を挙げて「悪である」と気軽に断罪できない雰囲気を作り出したのだ。

「いいえ、それでも事実なんです。長い話になりますが、聞いていただけますか？」

「……ああ」

「では……ヴァルター様がダメ夫になる未来の話を聞いてください！」

「……ダメ夫……だと？」

アデリナはにっこりとほほえみ、これまでの経緯を彼に伝えた。

【8】婚約者から「将来ダメ夫になる」と言われてしまった

ヴァルター・ルートヴィヒ・オストヴァルトは、心の中に闇を秘めている。

油断すると闇に呑み込まれ、魔力属性が変化しそうになるのだ。

同じ光属性である妹のセラフィーナとの違いは生まれながらの気質かもしれない。

例えば、近しい者が殺されたとき――。

セラフィーナは憤り、嘆き悲しむ。犯人と黒幕が法的に処罰されることを祈り、そのために自分ができることはするだろう。けれど、そこまでだ。罪を犯してでも敵を討とうとは考えないはずだ。

ヴァルターは違う。非合法でも、望みが叶うならそれでいいと思う。実行できずにいるのは、それをしてしまうと守るべき者の未来が危ぶまれるからだ。

ヴァルターが証拠集めや根回しをせずカールやバルシュミーデ公爵に復讐をしても、セラフィーナを幸せにできない。そして彼女が喜ばないという想像もできる。

自分の中に正義はなく、いつだって倫理観を他人に依存している。

表層だけの正しさをまとい生き続けてきたのだ。

国王や異母兄を家族だと思ったことはなく、唯一守るべき対象であるセラフィーナの安全を確保するための策を練りながら、二十歳の誕生日が過ぎたある日……。

久々に国王からの呼び出しを受けたと思ったら、バルシュミーデ公爵も同席していた。

彼がここにいるということは、それだけでろくでもない用件だとわかる。

「ヴァルターもついに二十歳になったのか。婚約者がいないのは問題であろう。そなたの次にセラフィーナの結婚も考えねばならぬし、いい頃合いだ」

つまり、国王はヴァルターの婚約を進めるつもりなのだ。

異母兄カールは十歳の頃に外祖父が選んだ侯爵令嬢と婚約している。今までヴァルターの婚約が決まらなかった理由は、どこの家も押しつけられたくなかったからだろう。

「陛下の勅命とあらば、謹んで従いましょう。……それで、相手はどちらの令嬢でしょうか？」

「うむ、クラルヴァイン伯爵家のアデリナ嬢だ」

国王の言葉を受けて、公爵がニヤリと笑った。ヴァルターだけではなく、クラルヴァイン伯爵家を見下しているのがよくわかる。

「クラルヴァイン、ですか……」

名前は聞いたことがあるが、どんな家であるのかすらよくわからない。

（貴族たちの噂の的にならない家……つまり、相当地味な家なのだろう。まぁ、バルシュミーデ公爵との関係がなさそうなのが唯一の救いだな）

ヴァルターが望まない縁談相手は、公爵家となんらかの繋がりがある家の娘だ。間接的に縁続きになって、公爵家の支配を受ける可能性をヴァルターは危惧していた。

ヴァルターの動きを封じ監視するためには一番よい手だからだ。

けれど、公爵のほうも、愛娘の敵《かたき》と位置づけているヴァルターを、傍系であっても自身の家門に迎え入れたくなかったらしい。力のない第二王子を押しつけられたクラルヴァイン伯爵家には悪いが、最悪の事態は避けられたといったところだ。

用が終わると、国王はヴァルターに退室を促した。久しぶりに我が子に会ってもお茶の時間すらもたない。もちろんヴァルターも望んでいないのだが、そんな関係が滑稽に思えた。

それから初対面までのあいだに、ヴァルターは自身でもアデリナ・クラルヴァインについての調査を行った。

(本当になにもない。いっそ憐れに思えてくる)

クラルヴァイン伯爵家の特徴といえば、比較的めずらしい時属性の魔力を有する者を多く輩出していることくらいだ。

アデリナという娘は、最近社交界デビューを果たしたばかりでまもなく十六歳になる。

時属性であることと髪と瞳の色くらいしか情報が出てこない。

(顔合わせの日が誕生日なのか……贈り物を用意すべきだろうな)

ヴァルターは、最終的に彼女と結婚する可能性は低いと考えていた。

いい大人であるバルシュミーデ公爵は、ヴァルターたちの母を悪女だと罵りつつも、心のどこかではただの女官に決定権などなかったことを理解しているはずだった。

悪女への復讐を成し遂げたところで、ある程度の怒りは収まっている。

現在の彼の目標は孫のカールを国王にすることであり、その邪魔をする可能性を秘めた存在としてヴァルターやセラフィーナを疎んでいる。

ヴァルターが王子として冷遇され続け、権力を持たないまま平凡な伯爵家の婿としての地味な生活を受け入れれば、それ以上干渉してこない可能性は高い。

けれどカールは違う。

彼は幼少期から二番目の妃とその子供が母親の敵であることを徹底的に植えつけられている。

言葉の理解と同時に始まった刷り込みから来る憎悪は、植えつけた者が持つ憎しみを遥《はる》かに超えていて、ヴァルターたちの平穏を決して許さない。

いずれ国王や公爵からカールに権力が移ったとき、ヴァルターが無策でいたら確実に討たれるだけだ。

そう考えたヴァルターは、近い将来に訪れる全面対決に備えているのだった。

カールを排除したら、ヴァルターがこの国唯一の王子にして王位継承者となる。

そうなれば、伯爵家の婿にはなれない。

（だが、しばらく無難な付き合いをしなければならない相手だ……。最低限、誕生日の贈り物は用意するべきかもしれない）

伯爵家側も、王太子との関係が最悪な第二王子など受け入れたくはなかったはずだ。

それでも婚約者でいるあいだ、互いに良好な関係を築く努力をすべきだろう。

それとも、できるだけ嫌われたほうが、のちの別れが楽になるだろうか……。

（もし渡せなかったら、セラフィーナにでもくれてやるか……）

ヴァルターは迷い、とりあえず贈り物を用意することにした。

アデリナの髪は明るい茶色で、瞳は深い青だという。その情報だけを持ち、宝飾品店へ足を運ぶ。

（わからない。顔も知らないのにどうやって選ぶんだ？　無難に瞳と同じ色の石でも買っておけばいいのか？　……そもそもどんな青なんだ？　青なんて何種類もあるだろうに。海だって天候で色を変えるんだから。……そうか、海……か）

勝手な想像だが、よくわからないからこそ海という言葉はしっくりきた。そこから着想を得たヴァルターは、真珠のネックレスを選んで、初対面へと挑んだ。

「ヴァルター様……」

伯爵邸の池の畔《ほとり》で、アデリナに名を呼ばれた。

「ヴァ、ヴァルター……だと⁉　わ、私は……第二王子、だぞ」

思わず身分を笠《かさ》に着るような態度をとってしまう。

どの道を進み、どんな関係を築くのか——選ぶのは自分であるはずだとヴァルターは信じていた。

けれど、それは驕《おご》りだったのかもしれない。

アデリナのほうが親しげに呼びかけ、たったひと言でヴァルターを動揺させた。

（名前を呼ばれただけだぞ……？）

これまで近づいてくる女性を冷たい態度で拒絶していたため、ヴァルターは自分で思っていたよりも異性に対する免疫がなかったらしい。

「ですが、婚約者同士です。名前で呼ばせていただくことも、呼んでいただくことも許されないのですか……？」

アデリナは賢そうな女性だった。

婚約が悪意で結ばれ、互いに利点がない事実を十分にわかっている様子だ。

それなのに、歩み寄ろうとしてくれている。

あえてそう装っているとはいえ、王太子や第一王女に比べ能力的には平凡と思われているヴァルターを嫌悪する様子もない。

「そ……それが君の希望であれば……許してやる」

アデリナの潤んだ瞳に見つめられると、まるで操られているみたいに勝手に言葉が紡がれていく。

結局ヴァルターはアデリナの希望を受け入れ、彼女とできるだけ良好な関係を築くことを了承した。

真珠のネックレスをつけてほほえむ姿は、まるで子犬みたいだった。

特別な美人というわけではないけれど、笑顔が可愛らしい娘だとヴァルターは思った。

念のため、もしヴァルターが窮地に陥ったときはかまわず伯爵家の利益を優先するようにと忠告をして、婚約者との顔合わせは終わった。

（まぁ……賢い令嬢でよかった……）

アデリナ・クラルヴァイン――どうやらヴァルターは理解ある最良の婚約者を手に入れたらしい。

◇　◇　◇

アデリナとならば、適度な距離を保ちつつ良好な関係が築けるかもしれない。

そんなヴァルターの考えは、たった数日で覆る。

城勤めの文官から、侍女の募集に応募があったという報告がもたらされた。応募者に関する情報を読んで、ヴァルターは驚愕《きょうがく》した。

「アデリナが……セラフィーナの侍女になりたいと……？　必要以上に私たちと親しくするのが危険だとわかっていないのか!?」

「あらあら困りましたわ。一応募集はしているけれど、誰も応募してこない前提でしたのに。お兄様の婚約者って少々図々《ずうずう》しいのではなくて？」

「図々しいだなんて、セラフィーナに言われたらさすがにかわいそうだぞ。仕方ない、呼び出して取り下げさせよう」

きちんと計算ができる娘だと思っていたのだが、買いかぶりだったかもしれない。

ヴァルターはさっそく手紙を書き、アデリナを青の館に招いた。

彼女はひかえめな見かけによらず、かなりズバズバとものを言う。

四つも年上のヴァルターがにらみつけても怯まずに、自分の主張を曲げなかった。

舌戦で押され気味になると、セラフィーナが口出しをして、採用試験だけは実施することに決まる。

もちろん、落とす前提の試験だ。

（セラフィーナの策に乗ってみたものの……本当に、大丈夫なのか……？）

世間ではオストヴァルトの女神などと言われているが、それは見せかけだけだ。セラフィーナはかなりわがままである。

互いに庇い合いながらこれまで生きてきて、兄妹の絆《きずな》は強い。

それでもさすがに、妹がいい性格をしていることくらい、ヴァルターにもわかっている。

試験の実施日、ヴァルターは軍の職務を部下に任せ、最も危険な護身術の試験に合わせて庭と隣接している林に潜伏した。

（セラフィーナがやりすぎたら……アデリナが怪我をしてしまう）

意外にもアデリナは強かった。

防御に特化しているので目立たないが、年齢に見合わぬ技量を見せつけている。

魔力の保有量は少なめで、魔力切れの症状が現れてしまったが、セラフィーナの提示した条件をアデリナはうまく利用して、少ない魔力でも見事勝利を果たしたのだった。

倒れたアデリナを介抱していると、セラフィーナがこんなことを言い出した。

「鈍感なお兄様！　憧れている者の目じゃなかったわ。どちらかといえば、あれは好敵手に向けるまなざしね。嫌味を言っても立ち向かってくるし……それくらい本気なのよ」

次の瞬間、ドクンと心臓が大きく鼓動を刻んだ。

（私は……アデリナに……それほど好かれているのか？）

その割には、ヴァルターの見た目に絆されて近づいてくる女性たちとは違い、うっとりとした表情はしない。つくづく不思議な令嬢だった。

◇　◇　◇

アデリナが侍女としての勤めを始める初日。

ヴァルターは出迎えこそできなかったが、できるだけ早めに仕事を切り上げて、青の館へ帰った。

建物に近づくと、庭先で立ち話をしているアデリナとセラフィーナの姿があった。

（なぜ、私の話なんてするんだ……）

お兄様、ヴァルター様……という言葉が飛び交っているため気まずくなり、ヴァルターは気配を殺してしまった。

そして二人の会話からアデリナの本音を知る。

アデリナはヴァルターに特別な感情を抱いているわけではなく、共闘関係を築くために侍女になったらしい。

もし婚約を継続する理由がなくなれば解消するつもりのようだった。

そしてどうやら、婿の容姿なんてどうでもいいらしい……。

（顔の話はともかく、共闘関係を築きたいのも、理由がなくなれば婚約解消となる予想も……すべて私と同じ考えだが……）

話を聞いているだけで、胸のあたりからモヤモヤと、負の感情が生まれてくる。

認識を共有できているのなら、それは歓迎すべきだった。どこに負の感情を生み出す要素があったのか、ヴァルターにはまったくわからない。

わずかに闇属性の魔力の気配までしている。

(不快だ……なんだこれは……)

ヴァルターの苦しみなど知るよしもなく、二人の会話は続く。

「あなた、寂しいくらい現実主義者なのね……。でしたら、アデリナの理想の男性ってどんな方なの？ベルントみたいな明るくてたくましい殿方？　それともコルネリウスみたいに知的な方？」

「ええっと……そうですね。例えば、ユーディット様みたいな方でしょうか！　優しくて話が弾む方がいいです。なんだか、物語に出てくる王子様みたいなんですもの。それから、一途で私だけを特別に想ってくれる方がいいなって思います」

ユーディット・バルベ。ヴァルターの姉弟子にあたる女性が、アデリナの理想に近いという。明るく、お人好《ひとよ》しで、しゃべることも好きそうだ。そしてなにより性別は女性——つまり、アデリナの好みはヴァルターとはすべてが真逆というわけだ。

(私は、たぶん一途だが……。それよりも、これ以上聞いてはいけない……)

アデリナに憤りを感じる合理性がない。ヴァルターは転化の発作を防ぐために、アデリナたちに近づいて、無理矢理会話を終わらせたのだった。

そして、彼女が侍女になってからしばらくのこと……。

アデリナがヴァルターを庇い、蛇の毒にやられた。

もちろんセラフィーナと二人がかりで解毒の魔法をかけたが、症状がなかなかよくならない。

遠くから放たれた蛇がたまたま青の館に辿り着き、まっすぐに主人のどちらかを狙ってくる可能性はどれくらいあるのだろうか。

普通に考えれば、なんらかの魔力的な改造がされていたということになる。

（例えば、私の姿やにおいを植えつけて、それこそが獲物であるという刷り込みがされている……とかだろうな）

動物を操る魔法については実例があり、そんな状態だったと予想ができる。見えない壁に当たった蛇は、攻撃を受けたと認識して、届く範囲にいたアデリナに牙を剝《む》いたのだろう。

状況を分析しながら、アデリナの治療に全力を注いでいるうちは、まだ冷静でいられた。

彼女もこの一件で、青の館に勤めるということがどれほど危険か理解できたはずだ。

実際にカールが異母弟妹の暗殺をくわだてている場面を目の当たりにし、自分にも被害が及ぶことを知ったら、アデリナは離れていくだろう。

（私は、アデリナが侍女になることに反対だったはずだが……離れてほしくないと思っているのか？）

アデリナが絡むと、なぜか言動に矛盾を抱えてしまう。

それでも、彼女の心が離れていくことに不安を感じていた。

だからこそ、観劇に行きたかったと言って涙するアデリナの姿に安堵《あんど》し、胸のあたりが熱いもので満たされていったのだ。

そしてアデリナの体調が回復するのを見届けると、気が緩んだのか転化の気配が現れはじめた。

自分とセラフィーナの命を狙い、アデリナを傷つけた毒蛇――あれはカールの指示で放たれたものに違いない。

誰かを守りたいと真摯に願うほどに異母兄への憎しみが増す。

（まずいな……。こんなことで……）

最初は部屋に閉じこもっていたヴァルターだが、どうしても風に当たりたくなった。

転化が始まると、目や髪が魔力で闇色に染まる可能性があったためランプすら持たずに外へと出る。

誰にも姿を見られてはならないから、林の中に身を隠す。

しばらくすると、突然アデリナが現れて妙な話を始めた。

彼女はヴァルターが闇を抱えていることを知っていたのだ。

この事実を知っているのは、セラフィーナと、ランセル家の二人、そしてバルベ将軍と姉弟子のユーディットだけだ。

それ以外の、信用できない者に知られたら、即座に口封じをしなければならない。

闇に囚われているあいだは、他者に対して攻撃的になりやすい。けれど、このときのヴァルターは、アデリナを排除しようとは少しも考えなかった。

(出会って一ヶ月程度のこの令嬢のことを……私は信用しているのか……)

忌み嫌われる闇属性であると知りながら笑顔でマフィンを押しつけてくるアデリナは、ヴァルターがこれまで関わった人間の中で最も理解し難い者だった。

そして、アデリナから転化を防ぐために好きなものについて考えろと言われた。

半信半疑なヴァルターだったが、彼女の自信ありげな態度に圧倒され、それに従う。

(好きなもの……そんなもの……私には……)

元々あまりなにかに執着する人間ではないから、好きなものなんて思いつかない。

なんとなく目の前にいるアデリナのことが気になり、彼女について考える。一度考えはじめると、余計に好きなものなんてない気がしてきた。

マフィンを頬張るアデリナは、昼間の真《ま》っ青《さお》な顔が嘘のように、元気を取り戻している。

名前を呼んでくれたアデリナ。

真珠のネックレスに喜ぶアデリナ……。

侍女になるために全力で闘ったアデリナ…………。

観劇に行きたかったと、子供みたいに泣きじゃくったアデリナ。

（そうか……私は彼女に好意を抱いているのか……）

ストン、とすべてが腑《ふ》に落ちた。異性の好みが自分《ヴァルター》とは真逆だという、どうでもいい話を聞いただけで転化しそうになったのは、ただの嫉妬だった。

侍女になることを反対していたはずなのに、彼女が出ていってしまうかもしれないと不安になったのは、純粋に一緒にいたいと思っているからだ。

そんな簡単な事実に気がついたヴァルターは、アデリナの肩を借りて彼女のぬくもりを感じてみた。言われたとおりに、彼女について考えることだけに集中していると、本当に胸の苦しみから解放されていく。

（こんなことは初めてだ……）

闇属性に囚われそうになったときの苦しみは筆舌に尽くしがたい。

鼓動がうるさくなり、血管が焼き切れそうになる。

そして、思考さえも変わり、他者に対し攻撃的になってしまう。自分が自分でなくなる不安と闘わなければならない。一度始まってしまったら、一晩中苦しみ、孤独を味わうことが多かった。

彼女の知識と闇属性に関する理解は、ヴァルター本人を超えているみたいだ。

いったいどうやって知ったのかをたずねると、またわけのわからない主張を始める。

「私がヴァルター様の秘密を知ったのは……あなたと婚約するより前です」

「そんなはずはない！　ただの伯爵令嬢である君に情報が漏れているのなら、私はとっくに……」

この秘密が他人に知られていたのなら、異端の烙印を押されて最低でもどこかに幽閉されていたはずだった。

クラルヴァイン伯爵家が諜報《ちょうほう》活動に長《た》けていた――なんてことも絶対にあり得ない。

「いいえ、それでも事実なんです。長い話になりますが、聞いていただけますか？」

「……ああ」

「では……ヴァルター様がダメ夫になる未来の話を聞いてください！」

「……ダメ夫……だと？」

突然のダメ夫宣言に、ヴァルターは益々混乱していった。

アデリナは戸惑うヴァルターを眺め、にっこりとほほえむ。

そして衝撃的な内容を語りはじめた。

まず、アデリナが本来知っているはずのない知識を得た理由は、時戻しの魔法の影響だという。

将来その魔法を生み出すのはヴァルターであり、時属性のアデリナだけが精神を保護され、回帰前の記憶を有しているというのだ。

最初は、アデリナが妄想癖のある変な女性になってしまったのだと思い、ヴァルターは落胆した。

けれど、全否定してしまうと彼女がなぜ秘密を知っているのかを聞き出すことが困難となる。

そのため、あまり余計な発言をせずに聞き役に徹した。

本人曰《いわ》く、本来のアデリナは今ほど図太い性格をしていなかったそうだ。

ヴァルターの冷たい態度に萎縮して、よい関係を築くことは叶わなかった。

今アデリナの首元で柔らかい光を放つ真珠のネックレスは、回帰前の世界では、セラフィーナに渡るはずだった――という。

（もし、アデリナに渡せなかったらセラフィーナにくれてやろうと……確かに私はそう考えていた）

これはたった一ヶ月の付き合いしかないアデリナが、想像で適当なことを言ったとは思えないほどあり得る話だった。

しかもセラフィーナに与えればいいという考えは、誰にも話していないのだ。

（そして……アデリナとの関係が希薄なまま、セラフィーナが暗殺され……私は闇属性へと完全に転化するのか……）

回帰前の未来でヴァルターは、現国王とカールを討つために立ち上がる。

約三年の内乱で多くの犠牲を払い新国王となるが、その治世は十年持たずに危機を迎えてしまう。

（時戻し……。信じがたいが、南部貴族との約束まで知っているのはやはりおかしい）

彼女の話を否定するのならば、矛盾点を指摘しなければならない。

奇術の種明かしをするみたいに、こうすれば時戻しなどしなくてもアデリナが情報を得られるはずだという仮説くらいは提示するべきだ。

だがヴァルターには、その仮説が浮かばなかった。

「私の目的は無限回帰の回避です。そしてできれば、私にとって最善の未来を手に入れたいのです」

「最善とは具体的にどのようなものなんだ？」

「伯爵家……大切な家族を守りたいです。……親しくしていたほかの方々も幸せであればいいと願っています」

それは嘆きに似た切実な願いだった。

ヴァルターも理不尽な出来事により家族を失ったことがある。似た経験をしているからこそ、アデリナの真剣なまなざしが嘘とは思えなかった。

「では、侍女になったのは……？」

アデリナは小さく頷く。

「セラフィーナお姉様の暗殺を防げば、ヴァルター様の心が闇に染まる事態をひとまず回避できるはずです」

カールを排除しなければ先延ばしにしかならないが、約五ヶ月後の悲劇を回避することをアデリナは第一の目標としているのだ。

彼女の言葉を信じるのならば、ヴァルターは結局最悪の事態になるまで水面下での準備を進めていただけの、行動できないまぬけだったことになるのだろう。

「私のために……。それならば、私が信じなければどうするというんだ……」

「張本人のあなたに信じていただけないのなら、私もお手上げですね」

時戻しを使ったのはヴァルターであり、本来ならヴァルター自身がアデリナの魔力を利用して精神を保護すべきだった。けれどなんらかの事情でそれができなかったらしい。

時を戻した本人から話を聞く術《すべ》がすでに失われているため、アデリナの推測も混ざっているが少なくとも彼女の中では事実なのだろう。

そんなことがあり得るのか検証するよりも、苦労して侍女になり、身を挺《てい》して毒蛇からヴァルターを守ろうとしたアデリナの思いを裏切ってはならない気がした。

「回帰前、私たちの関係は今より希薄だったと言ったな？」

「はい」

「でも、君は……王妃になった。つまり、私たちは……」

彼女はずっと、闇属性に転化した男を支えたのだろうか。

それは好意を超えるなにか――愛情がないとできないはず。そのことが今のヴァルターにも希望を与えてくれる気がした。

(アデリナがこの力を疎まずにいてくれるのならば……私に好意を寄せてくれるのならば……)

常に前向きな彼女と一緒にいられたら、闇に染まらずにいられるのではないか。

そう考えたヴァルターだが、期待はすぐに落胆に変わる。

アデリナの表情が急に険しいものになったのだ。

「私たち、白い結婚で……ヴァルター様の愛情なんて、これっぽっちもありませんでした！　もうお忘れですか？　私はあなたをダメ夫だと言ったんです」

完全に怒っている。

ヴァルターはどうやら、彼女の機嫌を損ねる発言をしてしまったらしい。

(関係が希薄で白い結婚……？　それなのに、長く私を支え……今もこうして私を守ろうとしている。

……どういうことだ……？)

これまでアデリナの話は一貫していて、荒唐無稽だと一蹴できない説得力があった。

けれど、二人の関係を深くたずねた瞬間に、多くの矛盾点が見受けられるようになる。

ヴァルターがダメ夫であるのなら、彼女がヴァルターやセラフィーナのために動いているのは根本からしておかしい。

それに、白い結婚というのも変だ。

ヴァルターは闇属性という秘密を抱えているし、政治的に難しい立場にあるから、アデリナとの結婚を望んでいなかった。

けれど、アデリナの語る回帰前の未来では闇属性が秘密ではなくなり、国王となる。

だとしたら、結婚相手に手を出さないなんて不自然だ。

(どう考えてもおかしい……私にだって欲望はあるのに……まさかそれも闇属性の影響なのか？　そうでないのなら、私はアデリナを嫌っていた？)

それほど関係が冷え切っていたのだろうか。結局回帰前の自分に問いただすことはできないので、思考は堂々巡りとなる。

記憶を持っている人物にたずねるしかないのだった。

「……なぜ……君は私に協力なんてしているんだ？」

「それは……セラフィーナお姉様を守って、ヴァルター様の闇落ちを防ぐために……」

ヴァルターは冷静に考えてみる。

アデリナの目的は家族を守ることと、そして再びの回帰を防ぐことだ。

だとしたら、セラフィーナの死も、ヴァルターの闇属性への完全なる転化も、必ず防がなければならない事態ではない。

ヴァルターに手を貸さないほうがむしろうまく行く可能性が高いのではないだろうか。

「君は、私が時戻しの魔法を生み出すより早く……例えば、今の段階で闇属性の噂をばら撒《ま》いて、他者の前で転化の兆しが出てしまうように画策すればいい。なぜそれをしない？」

カールを嫌っているにしても、あえて一番困難な道を進んでいるとしか思えない。

アデリナにとって王太子カールは家族の敵《かたき》である。

だとしても、回帰後の今クラルヴァイン伯爵家の皆は健在だった。家族の安全を優先するのならば、カールへの復讐をあきらめるべきだ。

彼女はそういう計算ができる人ではないのだろうか。

ヴァルターが闇属性だと知れ渡り、幽閉されたら魔法の研究などできなくなる。

伯爵家が王位継承争いに巻き込まれないようにするための方法は、ヴァルターの不幸が前提ならばいくらでも思いつく。

例えば今日がその機会だった。

暗闇のせいで見えづらかったのかもしれないが、ヴァルターの髪や目の色が変わっていた可能性があるし、わずかに闇の魔力を放出していたはずだ。

大声で叫び、誰かを呼んで目撃者になってもらえばよかったのだ。

そうすればヴァルターは囚われの身となり、結果として内戦は起こらない。うまく立ち回れば彼女は忌むべき力を持った者を捕らえた英雄になっていた。

アデリナは再びの回帰を防ぎ、伯爵家を守るという条件を満たす道があったのに、あっさり捨てたのだ。

「それでは、ダメなんです……。私が守りたい方を守れません」

アデリナは大きく首を横に振った。

回帰前はほぼ親交がなかったらしいから、アデリナが守りたい相手は五ヶ月後に命を落とす予定のセラフィーナではないはずだ。

ランセル家の兄弟ですら、二人の王子の全面対決に巻き込まれないほうがむしろ安全な気さえする。

ヴァルターだけが破滅する道があるのだから、アデリナが守りたいのに守れない者に該当するのは結局一人しかいない。

「私……なのか？」

「ヴァルター様は私にとって嫌いになりたい方です！」

憤り、涙目になってにらみつけてくる。

けれど「嫌いになりたい」という言葉は、今の段階ではヴァルターを嫌っていないという意味になるはずだ。

「……嫌いだ、とはっきり言わないと……」

「私は……優しくない、愛してくれない……そういうダメ夫は好みではないんです。でも、放っておけなくて……だから、やり直したら絶対に嫌いになってやるんだから……って本気で思っています」

「アデリナ……」

「今だって、お父様もお母様も生きていて……この世界で私の両親は王太子派の襲撃を受けたわけじゃないから、そちら側についたほうが楽だってわかっています。……でも、できないんです！　ヴァルター様の破滅をどうしても望めない」

結局、嫌っているとか憎んでいるという決定的な言葉は出てこなかった。

ヴァルターは泣いている彼女の肩を引き寄せ抱きしめた。

アデリナの身体がビクリと震え、ほんの少し腕に力がこもる。戸惑っているのが伝わってきた。

(慣れていないのか……？　闇に囚われた私は本当に、こんなことすらできない男になるのか……。

だが、その未来すら変えていけるはずなんだ)

出会ってからの一ヶ月はアデリナばかりに負担をかけてしまった。

正直、回帰前の記憶を失ったヴァルターには彼女に酷いことをした自覚はないままだ。

それでも、アデリナが語ったような男には絶対にならないという思いだけは本物だ。

「すまない、アデリナ……。今日からは……私が、ちゃんとする……きちんと考えるから」

ヴァルターはどこまでも勝手な男だと自覚しても変われなかった。

きちんと考えると言いながら、今すぐにアデリナを解放し自由にしてやるという言葉は最後まで出てこなかった。

【9】追憶編　離れがたい二人の話

王家の内紛が始まってからあと少しで三年となる頃――。

オストヴァルト城内にあった血染めの薔薇の製造拠点が、ヴァルターによって破壊されて以降、一気に第二王子派が優勢になっていった。

それまで日和見《ひよりみ》を決め込んでいた中立派、そして王太子派の貴族たちまでこぞってヴァルターの前にひざまずく。

側近の中でも戦うことを得意としていないクラルヴァイン伯爵家は、ヴァルター側に寝返りたい貴族と第二王子派を繋ぐ窓口となっていた。

この日もアデリナの両親――エトヴィンとジークリンデは、交渉のため本拠地となっているヴァルターの所領から離れていた。

ジークリンデの世話をするために、普段はアデリナ付きのメイドであるロジーネも同行している。

アデリナはヴァルターの補佐官としての職務で忙しかったため、彼らの帰りが予定よりも遅れていることに気づかなかった。

交渉の遅れや天候の影響で旅の日程が数日ずれ込むのはめずらしくない。知らせを受けるその瞬間まで、家族が乗った馬車が襲撃を受けたという想像なんてしていなかった。

「……そ、そんな……っ。お父様、お母様……ロジーネまで……？　信じられないわ……」

悲報を知らせにきたのはベルントだった。彼は別件で本拠地を離れていて、道中で襲撃を知って現場に急行してくれたらしい。

けれど、知らせを受けた時点ですべてが終わっていた。

襲撃により、伯爵夫妻、クラルヴァイン家の家令、メイドのロジーネと護衛として同行していた軍人二人が死亡し、五人が重傷を負った。

最初は信じられずにぼんやりとしていて、一日遅れで運ばれてきた棺《ひつぎ》を見た瞬間、アデリナは泣き崩れた。

「い、いやぁ……！　私を一人にしないで……。お父様は防御魔法が使えるのに……負けるはずはないのに！」

敵にも魔法が使える者は多くいる。

ヴァルターの側近となったクラルヴァイン伯爵の能力は、敵に把握されていて当たり前だった。

きっとヴァルターに口利きをしてほしいという依頼そのものが、カール側の罠《わな》だったのだ。

王太子派との全面対決を決めて以降、犠牲なしに大事を成し遂げることはできないと頭ではわかっていても、近しい者が亡くなる覚悟はできていなかったのかもしれない。

アデリナは並べられた棺からいつまでも離れられなかった。

「アデリナ……」

呼びかけたのはヴァルターだった。

そこでアデリナは我に返る。子供みたいに泣きじゃくり彼を困らせるなんて、いけないことのような気がした。

「ちゃんと、弔ってあげなきゃダメですよね。早く職務にも復帰しなきゃ……お父様に叱られてしまいます」

「伯爵は……アデリナを叱らない。母君も、メイドもだ……皆、君には甘かった」

「そうかもしれないです……でも、だからこそ……いつまでも甘えた小娘ではいられません」

もう甘えを許してくれる家族はいない。

それを理解したアデリナは、ハンカチで涙を拭いて立ち上がった。

忙しさは悲しみを和らげてくれる。

ひたすらに仕事をしているあいだだけ余計なことを考えずにいられたのだ。

ヴァルターもそんなアデリナの状態をわかっているのか、無理に休めとは言わなかった。

この時期の二人の小さな変化は、プライベートな時間も一緒に過ごす機会が増えていった部分だろう。それまで朝食は各自の部屋で食べていたのに、ヴァルターから日中の予定の擦り合わせを兼ねて一緒にとるようにという命令が下った。

お茶の時間も同様だ。

ヴァルターの前では食事を残すことができないし、出されたお菓子にも手をつける。彼はそれをわかっていて栄養管理のためにアデリナの同席を求めたのだ。

葬儀が終わってしばらく経ったこの日も、アデリナはヴァルターとお茶の時間を一緒に過ごしていた。

「ヴァルター様、いつもお気遣いありがとうございます」

不器用な優しさは、確かにアデリナの支えになっている。

この頃のアデリナは、はっきりと彼への好意を自覚するようになっていた。

ヴァルターは闇属性が相手を傷つける可能性を考え、他者に触れることを恐れている。

だから抱きしめたりキスをしたりという恋人みたいな行動は一切してくれなかったが、誰よりも近くにいることを許してくれていた。

彼は、半身たるセラフィーナの敵《かたき》を討つためだけに生きているような部分がある。

復讐に生きる彼が恋をしたり人を愛したりする可能性は低い。

けれども、優しさを完全に失っているわけでもない。それだけでアデリナは満足だった。

「……べつに、過去の君を真似ているだけだ」

過去とは、セラフィーナを失った直後の頃を指す。

あの頃、ヴァルターとアデリナは政略によって結ばれた大して親しくもない婚約者同士だった。

闇属性へ完全なる転化をしたばかりのヴァルターはまともに眠れず、誰かが見張っていないと食事もしない状態が続いていた。それを見ていられなかったアデリナは、ヴァルターからの拒絶や冷たい言葉にもめげず、対話を続けたのだった。

「そうでしたね……。補佐官になると決めたのは、ヴァルター様がお食事を召し上がろうとしないからでした」

人に諭されるとしぶしぶ従うため、とにかくアデリナが世話を焼くようになった。

それまでは四歳年上の彼を、冷たくて怖い人だと感じていたアデリナだが、いつの間にか手のかかる弟みたいな印象に変わっていた。婚約者としての成り行きで、不思議な関係を築いていったのだ。

(婚約者、か。そういえば、クラルヴァイン伯爵家は……)

オストヴァルトの法では、当主が後継者を定めないうちに死亡すれば爵位を返上しなければならない決まりだ。

一応、婿予定だったのはヴァルターだが、手続きをしていなかったため、アデリナはもはや伯爵令嬢ではないのだ。そのことを急に思い出す。

「後継者がいないので、クラルヴァイン伯爵家は消滅してしまいましたね。私はこれから……」

伯爵令嬢を名乗れなくなったアデリナが彼の隣にいてもいいのだろうか。

たずねる前にヴァルターが口を開いた。

「そもそも爵位を授ける側の国王によれば、私たちは皆等しく逆賊らしいから、どうでもいい。こちら側での君の立場は私の補佐官で……事を成し遂げたあとは新たな規則で君の身分を保障するから」

それはアデリナに限った話ではなかった。

このまま順調に進んでヴァルターが国王となれば、戦の功労者には今より高い地位が与えられ、カール側に与した者は身分を剝奪される。

(出世したいわけではないのですが……)

元々補佐官には身分の規定がないし、ヴァルターが見捨てるとも考えていない。

アデリナが気にしていたのはもう一つの肩書き――「婚約者」のほうだった。

王子と伯爵令嬢の時点ですでにつり合いは取れていないのだが、伯爵令嬢ですらなくなったのだから、完全に妃候補からはずれるだろう。

そんなアデリナの予想は意外にも当たらなかった。

国王とカールを討ったあとのヴァルターは、即位を前にしてアデリナにこう告げた。

「アデリナ……私には至らぬ部分が多い。王妃としてこれからも支えてくれ」

好きだ、愛している――そんな言葉はプロポーズのときすら与えられなかった。

それでも彼らしい求婚にアデリナは頷き、理想の王妃となるべく邁進《まいしん》するのだった。

おそらくアデリナの二十八年の人生の中で、ヴァルターの即位や二人の結婚式が執り行われたこの時期が一番幸せだっただろう。

【10】唐突に、生まれ変わるなんて言われても困ります

嫌いになりたいという言葉は、間違いなく今はまだ嫌いになっていないという意味である。アデリナは、回帰前の記憶を持たない人物を責めても仕方がないとわかっていながら、ヴァルターに怒りをぶつけてしまった。

そして、少しだけスッキリとした心地になれたのだ。

(ヴァルター様。夫婦だったときには触れることすらためらっていたのに)

昨晩、ギュッと抱きしめられた感覚を時々思い出し、アデリナの心はずっと落ち着かないままだ。

記憶を辿ると、闇落ちする前のヴァルターは誕生日の贈り物を用意していたのだし、男女の付き合いについての常識が完全に欠如しているわけでもなかった。

そして、一晩明けた青の館のリビングルームで、ヴァルターとセラフィーナ、そしてアデリナによる話し合いの席が設けられた。

青の館にいる者は基本的に信用できるのだが、不用意に聞かせていい話ではないので、人払いをしたうえで防音の魔法もかけている。

昨晩ヴァルターにした話を、セラフィーナにも聞かせる。

彼女は完全には信じられないし、信じる必要もないと言い切った。

「重要なのは可能性を排除しないことですわ。一、必ずその日襲撃が起こり、ほかの日に死ぬことはない。二、その日以外でも襲撃が起こる。三、アデリナが嘘つきだから襲撃なんて起こらない。どれを選ぶのが正しいかおわかりかしら?」

セラフィーナは一、二と指で数えながら質問をぶつけてきた。

「二です。すでに私が介入してしまったので、皆さんの行動が変わっていますし」

「大正解よ。わたくしは、この目で見ていないものは基本的に信じないけれど、有益な情報を無視するお馬鹿さんではないのよ」

セラフィーナはなぜか高笑いを始めた。

自分が近い将来死ぬかもしれないと言われたのに、あまり傷ついてはいないようで、アデリナは安心する。

「アデリナ……クッキーはどうだ？」

いつもの調子の妹を無視し、ヴァルターはお菓子が山盛りになっている皿をアデリナの前まで移動させた。

勧められたら断れない性格だから、当然いただくことにしたのだが、頭の中は疑問符だらけだった。

（なんで隣なのかしら？　それにこんなの私の知っているヴァルター様じゃないんだけど、熱でもあるの？）

以前、アデリナがセラフィーナと闘って倒れたときも同じソファを使ったが、それは魔法による治療をするためだ。

今日は用がないのだから、この館の主人らしく、一人掛けのソファにどっしりと構えていればいいものを、わざわざアデリナの隣にいる。

居心地《いごこち》の悪さを感じて、アデリナはクッキーを咀嚼《そしゃく》したあとにこっそり距離を取った。

ヴァルターがわかりやすく残念そうな顔になる。

「ちょっと！　そこで甘ったるい雰囲気を醸し出さないでくださいませんか？　話がまったく進みま

せんわ！　アデリナはこっちにいらっしゃい」

距離を取ったのになぜか叱られてしまった。

それでも逃げていい口実を得たアデリナは、サッと立ち上がり向かいのソファに移動した。ヴァルターはなにも言わなかったが、益々表情が曇っていくものだから、アデリナは罪悪感を抱きはじめる。

（……うっ！　ヴァルター様は本当にどうしてしまったの？　なぜか私が悪いことをしているみたい）

これまで散々苦労をしたせいで大抵のことでは動揺しない、大人の女性であると自認していたアデリナだが、思い返せば恋愛経験だけはないに等しい。

闇落ちした夫を想い続けたせいで、甘い態度に対する免疫がないのだ。

アデリナはひとまずゴホン、と咳払いをして姿勢を正した。

「で、では……過去を語り終えたところで、今後の方策について具体的に話し合いたいと思いますっ！」

不自然に声が裏返ると、セラフィーナがニヤリと笑うものだからいつまでも平静になれなかった。

「アデリナは、内戦をできる限り避けたいんだな？　だが、私たちとしてはカールの排除は譲れない」

「味方の犠牲を減らしたいというだけで、どんな敵でも話し合えばわかり合えるなんて思っていません。ですから、戦わずして勝ちたいんです」

「……それは、確かに理想だが」

ヴァルターは、実現できないと思っているのだろう。

けれどアデリナもただの理想だけでこんな話をしているわけではなかった。

「昨日もお話ししましたが、血染めの薔薇の件で断罪できるはずです。……私は、城内にある隠し通路の場所も、そこから行ける地下の施設の構造も知っていますから。ただ……」

「ただ、どうしたんだ？」

「こちらが地下の製造拠点を見つけてしまうと、私たちこそが施設を使っていたみたいな……そういう濡《ぬ》れ衣《ぎぬ》を着せられる可能性がありますし、国王陛下や王太子殿下が関わっているという証拠が出てくる確証はありません」

「なるほど……。関係者でもないのにどうやって秘密を知ったのかを問われると、答えられないな」

回帰前の記憶は断罪するための手がかりにはなるが、証拠にはならない。

「方針はいいと思うのよ。……血染めの薔薇を作っている王家なんて、間違いなく民から断罪されるべきだもの。それに、魔力の高い貴族だって自分が石作りのための材料になるかもしれないと不安になるでしょう？　支持は得られるわ」

セラフィーナは、方針そのものには賛成してくれるみたいだ。

「私もそう思います。いつかは露見するでしょうし、そうなったときにヴァルター様やセラフィーナお姉様が王家の一員として処罰される対象とならないためにも、動かれるべきです」

回帰前もそうだったが、世間はヴァルターたちを含めて「王家」だと認識している。

ほかの者が血染めの薔薇の件を暴き、王家を断罪すると、ヴァルターたちも巻き添えで罪人となってしまう。

それを避けるためにも、彼らには非道な行いを正す正義の味方でいてもらう必要があった。

勝てる見込みがないのに動くのは無謀だが、この瞬間にも魔力を持った者の命が奪われているかもしれないのだ。犠牲が出ているのに傍観していることに対してもアデリナは罪悪感を抱く。

「……アデリナは、製造に関わった者の名前を知っているか？」

「直接の面識はありませんが、だいたいは。作り手も魔力操作に長けた者でなければならないので、貴族が関わっていました」

魔法による貢献度が地位に影響を与えるので、強い魔力を持つ家系のほとんどが貴族だ。

そのため血染めの薔薇の製造に関わっていた者の中にも貴族がいる。

アデリナ自身は、王太子派の貴族たちとの親交が皆無だから、人柄などは知らないが大物の名も把握していた。

「名前だけでもいい。調査はこちらで行うから」

アデリナはさっそく、内戦終結直後に行われた捜査で捕らえられた人物の名を、思いつく限り書き記す。

「国王、カールとバルシュミーデ公爵……まぁ、それは当然として、アビントン伯爵にバーレ男爵か……。男爵なんて人がよさそうだったのにな」

「お兄様、なにか策があるのかしら？」

ヴァルターは小さく笑って頷いた。

彼がそういう仕草をするとなにかたくらんでいそうに見えるのはアデリナの気のせいだろうか。

「進んで悪事に手を染める人間はそう多くない。どうせカールに脅されてやっているのだろう。良心の呵責《かしゃく》に耐えられなくなって、罪を告白する者がいるんじゃないか？」

保身や出世のために血染めの薔薇を作っている者がいたとする。

例えば、カールへの協力が破滅に繋がることをわからせる。完全なる破滅か、協力による減刑か――その二択しかないと思い込ませれば、あっさりこちらの味方になるだろう。

ヴァルターは、関わっている者に近づき、罪を告白させるつもりなのだ。

そして関係者からの相談によって、自分たちが動いたという筋書きで、現王家の罪を暴く。

「でしたら、どこか大きな舞台が必要ね」

セラフィーナの意見は正しい。

為政者を断罪するためには、確かに大きな舞台が必要だった。ヴァルターたちがどれだけ証拠と証人を集めても、ただ持っているだけではダメだ。

どうせこちら側が偽の情報で王位簒奪《さんだつ》を狙ったという筋書きで、反逆者となるだけだ。

国王やカールが証拠を握りつぶせない状況を作り上げる必要がある。

(国外の……王侯貴族の目がある場所、かしら？)

国の恥を晒すことになるのだが、国王と王太子を断罪するためにはそれしかない。

「二ヶ月後の聖雨祭はどうだろうか？　大司教が派遣されてくるし、隣国からも客人を迎え入れるはずだ」

聖雨祭は、夏の時期に豊穣《ほうじょう》を願って行われる祭りだ。

オストヴァルトの大地では、本格的に暑くなる頃から秋までに降る雨が様々な作物の収穫に大きな影響を及ぼす。そのため、聖トリュエステ国の高位聖職者を招き、祈りを捧《ささ》げる儀式をしてもらうことになっている。

豊穣のための祭りだが、期間中は都の至るところに露店が出て、身分にかかわらず誰もがはしゃぐ。外から客人を招き、城で華やかな舞踏会も開かれる。

二ヶ月後までに、証拠と証人を揃えるのは厳しいかもしれないが、その後にセラフィーナ暗殺事件が起こる可能性を考えると、勝負に出ていい時期だ。

(聖雨祭の舞踏会以降、セラフィーナお姉様の縁談が具体的になるのよね)

聖雨祭後半に行われる舞踏会がきっかけとなり、隣国の王太子がセラフィーナに求婚するのだ。そこから、カールが手出しできなくなる国外にセラフィーナを逃がすまいとして暗殺者を送り込む事態にも繋がっていく。

「今年の聖雨祭に来てくださる大司教様は立派な方だと思います。それからマスカール王国のリシャール王太子殿下もお若いですが信頼できます」

アデリナの記憶によれば、今年の聖雨祭を取り仕切る大司教は、聖トリュエステ国で総大司教に次ぐ序列二位の聖職者だった。

現在の聖トリュエステ国は、国同士の戦を助長する行動は一切していない。国同士の諍《あらそ》いが起こると和睦のために仲裁に乗り出す、正義の味方だ。

大司教はまさに理想の人格者だったが、後任がよくなかった。

代替わりして以降、お布施額によって度々特定の国が有利になる発言を繰り返すようになる。ヴァルターに異端の烙印を押して断罪したのも、その後任司教だった。

今の大司教ならばきっと、血染めの薔薇の製造という大罪を暴くために味方となってくれるだろう。

（そして、リシャール王太子殿下といえば……）

アデリナはつい、口元をほころばせる。

マスカール王国は、オストヴァルト王国と国境を接する六つの国のうちの一つである。

面積はオストヴァルトの半分ほどしかない小国家だが、豊かな大地があり、地理的に他国から攻め込まれにくい条件が揃っているため、安定した国家運営がなされている。

そして、マスカール王国の王太子であるリシャールは、セラフィーナの夫候補最有力となる青年だ。

聖雨祭の舞踏会で、二人は何度もダンスを踊る。

リシャールは、温和な性格がにじみ出ている好青年で、ヴァルターとは方向性が違うがかなりの美男子なのだ。オストヴァルトの女神とマスカールの王太子が楽しそうに踊る姿は、今でもアデリナの記憶に残っている。

(私が画家だったら、あの光景を忘れないために描いていたはずだわ)

回帰前はセラフィーナの死によって婚約には至らなかった。

それでも、リシャールは恋した相手の面影があるヴァルターを悪く思えなかったのか、オストヴァルト王国と対立せずにいてくれた。

同盟関係にはなれなかったが、オストヴァルト王国が聖トリュエステ国や周辺国と対立した際には和議の道を模索しようという提案もしてくれたのだ。

(ヴァルター様は、頷かなかったけれど……)

周辺国が同盟を組み、オストヴァルト王国に宣戦布告したときも、リシャールが彼らに同調することはなかった。

「……やたらと嬉しそうだな、アデリナ」

「本当に、アデリナが男性を褒めるなんて初めてではないかしら?」

「ええ、それはもちろん。リシャール王太子殿下は優しくて正義感が強くて……とても素敵な方ですから。確かヴァルター様よりも一つ年上で、まさに理想の王子様という印象で……」

あなたは将来、この男性を好きになる――なんていう予言は、きっと喜ばれない。

だからアデリナはあえてセラフィーナの有力な夫候補が誰であったのか、本人には教えなかった。

それでも、少し薦めてみるくらいなら、許されるべきだ。

「理想の王子様……そうか……」

そのとき、アデリナは自身の正面から妙な気配が漂ってくるのを感じた。

アデリナはまた同じ失敗をしてしまったのだ。おそるおそる正面に座る人物の様子をうかがうと、極寒のまなざしでアデリナを見つめているのがわかった。

（ま……まずいわ……）

「ち……違うんです！　そうではなくて……私は一般論を」

「一般論か……。だったら言わせてもらうが、婚約者がいる場で『物語に出てくる王子』だとか『理想の王子』だとか……他人を褒めるのは、一般的にどうかと思うぞ」

「今回は誤解です。リシャール王太子殿下は、最後までヴァルター様の敵にはならなかったんです！　そういう部分に好意を持っているだけで……」

「ふーん、そうか」

昨晩のやり取り以降、こんなふうに彼が変わるなんて予想外だった。

うっすら闇属性の魔力を流してくるのは卑怯《ひきょう》だ。

「あらあら、婚約者同士仲よしなのはいいですけれど……なんだか、お兄様が闇に呑み込まれる原因が増えているように思えるのは気のせいかしら？」

セラフィーナだけではなく、アデリナもヴァルターが闇に呑み込まれる原因になり得るというのだ。

（そ、そんなの困るわ……）

実際、アデリナが瀕死の重傷を負ったときに、彼はとんでもない魔法を使っている。

未来永劫《みらいえいごう》、ヴァルターが闇落ちする原因がセラフィーナの死だけとは限らない。その事実を、このとき初めて真面目に考えた。

これではアデリナが目標を達成しても、彼から離れられなくなってしまう。

「拗ねないでください。それに、私に苛立ちをぶつけるよりも先にやるべきことがあるでしょう！」

今は互いに恋だの愛だのと言っている余裕はない。

平和的にカールを排除するという一点のみに集中すべきだった。

「そうだな。だったらアデリナ。とりあえず、ドレスを作りに行こう。今日はまだ病み上がりだろうから一週間後くらいがいいな」

「あ……あの……悠長にドレスを作っている場合ではないはずで」

それよりもアデリナの記憶を頼りに、証拠と証人を確保しなければならない。

もちろんここまできたら、ユーディットやランセル家の二人の協力も必要だが、動ける者は限られている。

「二ヶ月後の舞踏会。出席するなら必要だ」

「じ……自分で用意できますから……」

あまり服装にこだわりのないヴァルターは、公の場では軍の礼装を身にまとう。

彼の服装はわかっているのだから、パートナーと一緒に衣装を仕立てる必要はないはずだった。

伯爵家からドレスを持参しているし、侍女としての職務がない日に買いに行ってもいい。

選ぶなら、セラフィーナかユーディットの意見を聞きたかった。

アデリナはセラフィーナに助けてほしいという視線を送る。

「いいじゃない。裏でこそこそしているばかりでは、あやしまれるわ。元々婚約者を蔑ろにしていないという演技は必要だったのでしょう？　そのための観劇デートは中止になってしまったのだから」

思わぬ方向に変わってしまったヴァルターと一緒にいて、心の平穏が保たれるかどうかわからない。

少し前までは冷たいヴァルターとのデートはできる限り会話をしなくていい場所を希望していた。

今は、会話は成り立ちそうだ。これは喜ぶべき変化であるはずだが、アデリナには受け入れられない。

（嫌いになれる理由が減ってしまったら困るの……！）

アデリナは意地でも回帰直後の怒りを忘れるものかと踏ん張るが、今のところ孤立無援だった。

◇◇◇

回帰の事実を伝える相手は、予定どおりユーディットとベルント、コルネリウスの三人にした。

当初、コルネリウスなどは鼻で笑っていたが、アビントン伯爵とバーレ男爵の調査を秘密裏に進めるうちに、態度を一変させる。彼らの周辺で、不自然に行方《ゆくえ》不明者が出ていたのだ。

この件の報告を聞くために、秘密を共有する六人がヴァルターの執務室に集まった。

「駆け落ち、仕事がつらくて夜逃げ……バーレ男爵家では半年のあいだに四人が行方不明に。しかも天涯孤独や素行不良で勘当されている者など、真面目に捜す家族がいない者ばかり……。偶然とは思えませんね」

コルネリウスは報告書をヴァルターに差し出す。

「まず女癖が悪い放蕩息子《ほうとうむすこ》をわざわざ使用人として雇う部分からしておかしいな」

貴族に仕える使用人は、身元が確かな者がふさわしい。

天涯孤独ならば、他家での実績があったり、信頼できる推薦人がいたりするはずで、素行の悪い者など論外だ。

コルネリウスの調査では、バーレ男爵の使用人の中に、明らかに本来ならば雇われるはずのない者が含まれていて、そして行方不明になっているというのだ。

しかも、その中には生まれは貴族で、魔法による傷害事件を起こし生家を追い出された者もいる。

血染めの薔薇の材料となる条件を満たしていた。

「そして、アビントン伯爵のほうですが……彼は法務を司る文官で、極刑となった者や獄中で死亡した受刑者を埋葬するための墓地を管理する立場でした」

男爵が人を拐《かどわ》かし、血染めの薔薇の材料になった者は伯爵が管理するその墓地に埋められる――コルネリウスはそんな推測をしているのだ。

「ご苦労だった、コルネリウス。……どうだ？　我が婚約者の力はすごいだろう」

ヴァルターはアデリナの能力を証明できたことを誇っていた。けれど、コルネリウスの反応は冷めたものだ。

「あの話が事実だとしたら、アデリナ殿がすごいのではなく、ヴァルター殿下が危険人物すぎるのだと思いますよ。妻に苦労をかける男にはなりたくないものです」

アデリナがその言葉に納得し頷くと、ヴァルターが焦りだす。

「き、記憶はないが……そのような男にならないための努力を……今、しているところだ」

このままでは話が逸れてしまう。そう考えたアデリナはコルネリウスに問いかける。

「コルネリウス様、次に候補になってしまいそうな方はわかりますか？」

「最近バーレ男爵に雇われたメイドが一人、魔力を持っていて天涯孤独という条件に当てはまっています。……失踪が続くと不自然ですから、しばらく猶予があると信じたいところですね」

血染めの薔薇が量産されていくのは、実際に内戦が起こって以降だ。今は実験段階であり、今後二ヶ月のあいだに次の犠牲者が出ないことを祈るばかりだ。

（女性を保護したら敵に悟られてしまうかもしれないから、私たちは直接助けられない……）

これから犠牲になる人を救うために作戦を台無しにしては元も子もなかった。

ヴァルターの敵は権力の中枢にいる者たちであり、甘えを持ったままでは到底勝てるはずもないのだから。

（でも……なんだかモヤモヤする）

ただ一人記憶を持ったまま回帰してからずっと考えていたことだが、アデリナにはできることが少ない。

未来予知に似たこの力は、持っている者の権力の大きさに比例して、効力を発揮する。

望む未来のために見て見ぬ振りをする罪悪感はこれからもアデリナの心を苛むのだろう。

「では、あまり顔の知られていない配下の者に、そのメイドとの接触をさせてみよう。情報を得られるかもしれないし、その者に逃げ場があったほうがいい。手配はベルントに任せる」

ヴァルターの言葉に驚き、アデリナは彼を見つめる。

次の候補者を守ると言っているみたいだ。

確かに情報を得られる可能性はあるが、敵に悟られる危険性もある。アデリナの知っているヴァルターらしくない指示だった。

（私が、犠牲を気にすることを察してくださったの？）

「男爵に知られないようにするのが難儀ですが……まぁ、なんとかなるでしょう。頑張ってみますよ」

ベルントは白い歯を見せて笑った。

頼もしい言葉に、ヴァルターも頷いて次の指示を出す。

「ユーディットは変わらずセラフィーナの護衛を続けてくれ。セラフィーナはいつもどおり過ごして、カールに動きを悟られないように」

「かしこまりました、殿下！　しっかりお守りいたします」

「心得ておりますわ。お兄様」

ヴァルターの指示は的確だった。

賢い青年であるし、敵ではないものには優しさも見せる。

回帰して以降、アデリナは長く共に過ごした彼のことを、本当は理解できていなかったのだと思い知っていた。少なくとも光属性時代の彼は、魔王ではない。

「そして、アデリナ」

「はい！」

なにか仕事を頼まれるのだろうか、意見を求められるのだろうか。

アデリナはつい期待してしまった。

「明日はデートだから、早く寝るんだぞ」

「……」

結局、この先にあったかもしれない未来を語り終えたアデリナには大してできることがないらしい。

仕事が与えられないことにも、皆の前で浮かれた発言をするヴァルターにも不満だ。

「……嫌なのか？　観劇に行きたかったと言って泣いていたくせに」

「うぅ！」

ヴァルターは恋愛に関しては鈍感なようでいて、時々妙に鋭い。

観劇に行きたがったのに、デートに乗り気ではないのは矛盾だ。

それでも観劇にこだわったのは、過去の自分が一度くらいは報われてほしいという思いがあるせいかもしれない。

先日まではどんなに足掻いてもヴァルターが心の底から愛してくれることなどないと思っていたから、油断していた。

「アデリナったら、そんなことで泣いていたの？　可愛いわね」

セラフィーナがニヤニヤとしている。

「可愛くないです！」

心が二十八歳のアデリナは、もうそんな言葉で喜べる精神年齢ではない。しかもその可愛いという言葉には明らかに子供っぽいという意味が含まれている。

「……あなた、わたくし以上のひねくれ者だったの？」

アデリナは返す言葉が見つからず、皆の注目を一身に受けながら以降だんまりを決め込むことで、どうにかその場をやり過ごしたのだった。

◇◇◇

ついに初デートの日が訪れてしまった。

暗殺者も来なかったし、誰も風邪を引かなかった。そして天気もいくつか雲が空に浮かんでいる程度の晴天だ。

デートから逃げ出す理由が一つもないため、覚悟を決める。

アデリナは街歩きに最適な踝丈《くるぶしたけ》のデイドレスをまとい、ヴァルターとのデートに挑むのだった。

首元はお決まりの真珠のネックレスで飾る。髪はハーフアップにして、淑女らしい帽子もかぶった。

「とても綺麗だわ！　さすがはわたくしの妹」

「これでヴァルター殿下もメロメロですね」

「派手すぎず、地味すぎず……素敵な淑女ですよ、アデリナ様」

セラフィーナとユーディット、そしてリンダが支度を手伝ってくれて、それぞれが感想をこぼす。

（べつに、ヴァルター様をメロメロにしても意味がないと思うのですが！）

どうせ味方などいないとわかっていたから、アデリナは支度を手伝ってくれたことへのお礼だけを言って部屋の外に出た。

しばらく歩き、館の中央にある階段を下りはじめるとすぐにヴァルターの姿が見えてきた。

彼のほうも出かける準備を整えていて、アデリナを待っていたのだ。

「支度が終わったのか？　……俯《うつむ》いていると顔が見えない」

日よけの帽子をかぶったうえに俯くと、確かに顔が見えない。負けたくないアデリナは勢いよく顔を上げて、どうだ、と勝ち誇ってみた。

「似合っているし、可愛いよ。……そんなに恥ずかしがる必要はないと思うが？」

ヴァルターがわざわざ手を差し出してくる。

（かわ……？）

ヴァルターの辞書にその言葉があったという事実がまず信じられなかった。

アデリナはうるさくなった心臓の音を静めるので精一杯になり、お礼すら言えないまま手を取る。

（ヴァルター様の装いも、いつもと違う）

あまり着飾ることに興味がないヴァルターは、軍服で済ませられる場所では常に軍服を着ている。

もちろん、回帰前は妃として一緒に生活をしていたのだし、今もセラフィーナの侍女として一つ屋根の下で暮らしているので、軍服以外の装いも見たことはある。それでも、わざと地味なジャケットをまとうヴァルターはめずらしい。

アデリナは、綺麗なものが好きだから、うっかり見とれてしまうのだった。

二人はセラフィーナたちの見送りを受けながら外に出る。

「ほら、足下に注意しろ」

「……は、はい」

ヴァルターに支えられて、馬車に乗り込んだ。

向かい合わせで座ったあとに、アデリナは違和感を覚え、首を傾げた。

「なんでいちいち困惑するんだ？」

質問の最中、さっそく馬車がひかえめな音を立てながら動き出す。

「ヴァルター様がエスコートしてくださったのが、いつぶりかわからなくて」

婚約者時代は、おそらく今みたいにしてくれていたのだ。

けれど、内戦が始まってからのアデリナは、補佐官として斜め後方を歩くようにしていた。

そして、妃になってからもそれはあまり変わらなかった。

すると、ヴァルターが盛大なため息をついた。

(私ったら、今のヴァルター様に言っても仕方のないことを……。いいえ！　違うわ。ヴァルター様だけは、私の憤りを全部受け入れるべきよ！)

一瞬、謝罪の言葉を口にしかけたアデリナだが、すんでのところで呑み込んだ。

消え去った未来に起こるかもしれない出来事を理由に悪く言われたら腹が立つのは当然だ。けれど時戻しの張本人であるヴァルターだけは、ほかの者とは異なり、責められるべきなのだ。

「ご……ご不満ですか？」

「あぁ。だが、君にではなく未来のダメ夫に対しての不満だ。……それで、ほかには？」

「ほか？」

アデリナはまた首を傾げることになった。

「この際だから、ダメ夫にされたことをほかにも教えてくれないか？」

「ええ？」

確かにこれまでのヴァルターのダメな部分については、重要な事件に繋がることのみを伝えていて、日々の生活で傷ついてきた詳細までは語っていない。

「ストレスが発散できるかもしれない」

そう言いながら、彼は胸のポケットから小さな手帳を取り出した。

「そ……そうですか？」

本人を目の前にして悪口を言って、アデリナの気が晴れるのだろうか。かなり疑問だが、ヴァルターが聞きたそうにしているため引くに引けなくなっていく。

「真珠のネックレスのことはもうお話ししましたし……あと観劇の件は誤解だった気がしますが、でも断る理由をもう少し工夫してほしくて。あっ！　ブローチ事件を忘れていました……」

回帰前、ネックレスがセラフィーナのものだったことはすでに告げていたが、贈り物をしていなかった事実を妹の前でごまかした件はまだ話していなかった。

アデリナはさっそく、回帰前の不満をぶちまけていった。

「なるほど。プライドが邪魔をして嘘をついたにもかかわらず、庇ったアデリナをにらんだ……と。確かに最低だ。ほかには？」

「あとは……容姿を褒めていただいた経験が皆無です！　容姿は無理でもせめてドレスが似合っているとか、今日の装いが素敵だとか……」

そこまで言ったところで、アデリナはつい先ほど普通に褒められていたことを思い出し、カッと顔が熱くなるのを感じた。

「そこは改善済みだな」

ヴァルターが目を細める。

回帰前の光属性時代は、ヴァルターがあえてアデリナと距離を置いていた部分がある。

本当は、アデリナが感じていたほど冷たい男性ではない……ということはとっくにわかっていた。

「ほか、ほかには……。初夜の晩に、後継者を望むつもりはないとか、国政が落ち着いてから養子を考えると言って一切触れてきませんでした！　最悪ですっ」

「その話だけどうにも信じられないが、君の希望は理解した」

ヴァルターはサラサラとペンを動かした。

(待って！　これ……書き留めているということは、逆の行動を心がけるという意味になるんじゃ……？)

自身の嘘が発端で八つ当たりをするなとか、容姿や服装を褒めろというのはまだいいだろう。けれど白い結婚を否定した場合、逆の行動はなにになるのか……。

想像して、アデリナは慌てた。

「ここ、こ、こんな話、聞いていて楽しいですか？」

アデリナは、自ら進んでしてしまった白い結婚の話題から逸れたくて仕方がなくなっていった。

「愉快ではないよ」

「だったら、いい話もしますね！」

「いい話？」

「はい。……内戦終結間際に私は家族を失ったんですが、そのときのヴァルター様は私のことを気遣ってくれて……闇に呑み込まれても、優しさを完全に失ったわけではなくて……」

冷徹な魔王と呼ばれた闇属性の彼は、親しい者だけには気遣いも見せた。ダメ夫だと言っていたけれど、それでもアデリナは間違いなく彼のことが好きだったのだ。

「聞きたくない」

「はい？」

急に不機嫌な態度に変わったヴァルターが言葉を遮った。

「ほかの男との思い出を嬉しそうに語る君を見ているのは耐えられない」

「ほかの男……と言われましても。同じ方なのですが？」

態度を改めたとしても、ヴァルターはアデリナを困らせる天才なのだろうか。

かなり理不尽な発言だった。

「アデリナの言うダメ夫が将来の私だということは理解している。危機感を抱いて、よい夫になるべく努めるのが償いだと思っている。だが、そんな顔をされたら……さすがに嫉妬してしまう」

「そんな顔、とは？」

「聞きたいのか？」

「いえ、結構です！」

「じゃあ、この話はやめよう。私も言いたくない」

ヴァルターがパタリと手帳を閉じた。

会話をしているあいだに馬車は都の中でも一際賑《にぎ》やかな商業地区の大通りまで進んでいた。

通りの両側には三階建ての建物が整然と並んでいる。

馬車が余裕ですれ違うことができる広い車道がまっすぐに延びて、脇には街路樹と歩道も整備されていた。

高級店が建ち並ぶあたりでは、貴族と思われる男女が使用人を従えて歩いている姿が多くある。

眺めているだけで、わくわくしてくる光景だ。

最初の目的地は、ヴァルターが予約している仕立屋だった。

セラフィーナのドレスを時々注文している馴染《なじ》みの店とのことだ。

店の前に馬車を停《と》め、乗り込むときと同様にヴァルターの手を借りて降りる。

そのまま彼の腕に摑まり短い距離を歩くだけで、アデリナの心拍数は上昇してしまう。

彼が婚約者を大切にするつもりだとわかっているし、それに対してやめてほしいなどとは到底言えない。冷たくても、優しくても、彼はアデリナの心を乱す存在だ。

目的の店の前まで辿り着くと、店員と客がなにやら揉《も》めている場面に遭遇する。

「なんだと。予約がないと入れない？　ふざけるな！　……私を誰だと思っているんだ！」

年は二十代前半、金色の髪をした派手な装いの青年が、やたらと扇情的なドレスを着た女性を連れている。

大きな声に驚いて、周辺にいた者たちも歩みを止めた。

（ひぃぃ……なんだか、見覚えが……！）

どこからどう見ても王太子カールだった。

カールの腕に絡みついている女性は、貴族の令嬢が絶対にしない装いをしている。おそらく婚約者ではなく愛人とか、一夜限りの恋人とか、そういう相手だ。

よく見ると、近くには護衛や側近らしき男性が二人いて、主人を諌められずに立ち尽くしていた。

「申し訳ございません。当店は予約制でございますし……お連れ様のお好みに合うドレスを仕立てられる自信がございません」

午前中から扇情的な装いをする非常識な女性のためのドレスはこの店にはない、という嫌味だった。

「あたし、どうしてもこの店のドレスを聖雨祭で披露したいのにぃ！　買ってくださるって約束したじゃない」

二人とも頬が赤く、ややろれつが回っていない。

お忍びで飲み歩き、一緒に夜を明かした愛人から、人気の仕立屋でドレスを作りたいとせがまれたのだろう。

「ハァ……。カール王太子殿下。ご機嫌麗しゅう」

ヴァルターがため息をついてから、見物人に届く大きな声で異母兄の名前を呼んだ。

すぐに気づいたカールがこちらに視線を向けてくる。彼の目が見開かれ、一瞬で怒りの矛先が変わった。

「ヴァルター！　なぜここに」

「先日、不慮の事故により我が婚約者のドレスがいくつか汚れてしまったもので。詫びをするのは私の務めです、王太子殿下」

本当は、セラフィーナのせいで汚れたドレスについては、損害額を給金に上乗せして対応されたので、今回の仕立屋訪問とは無関係だし、一着だけだ。

小さな嘘をついたのは、アデリナのためだろう。

「ほほう、愚妹とは違って、そなたはその令嬢が随分大事なようだ」

「当たり前ですよ、王太子殿下。……あなたの愚弟、ヴァルター・ルートヴィヒ・オストヴァルトは、クラルヴァイン伯爵家に婿入り予定なのですから。婚約者は大切にせねばなりません」

言わなくてもいいのに、先ほどからやたらと「王太子」を連呼するのはもちろん故意だ。

身分を笠に着て威張り散らす悪役が、王太子であることを世間に広める意図があるのだろう。

（ヴァルター様……やっぱり性格が悪いわ……）

カールと争わずに、大人しく婿入りする予定であるという主張をし、アデリナ個人をどう思っているのかという話題をうまく避けた。

そして、無礼にならない範囲でカールに嫌がらせをしている。

世間では能力としては特出した部分がないという評価だが、それすらヴァルターが意図して作っているものであり、政治的な駆け引きの部分では非常に優秀なのだ。

「ヴァルター……貴様、まさかこの店に？」

「ええ、きちんと予約をしております。……ああ、そうだ。王太子殿下がお望みならば、譲ってさしあげましょうか？」

アデリナが聞いても「譲ってさしあげましょう」という部分に棘《とげ》があった。予約もしていない愚か者に施しを与える意味に聞こえた。

仕立屋の店員がカールの背後で大きく首を横に振って、譲らないでほしいという主張をしている。

もちろん、ヴァルターにもその気はないのだろう。

「いらん！　不愉快だ」

当然カールは怒り心頭だ。

憎き異母弟に、なにかを譲ってもらうなんて彼からすればあり得ないのだ。

「それは残念です」

ヴァルターは冷め切った表情で、まったく残念そうではなかった。

一瞬、にらみ合いの状態となったが、すぐにカールのほうが動いた。

「……帰るぞ」

注目を集めていることに気がついて、自分の不利を悟ったのだろう。

舌打ちをしてから大股で立ち去っていく。

「あ……待ってくださいませ、あたしとの約束は？」

愛人と思われる女と、お付きの者たちが慌ててカールを追いかける。

（あんな方が次期国王だなんて……本当に、害悪だわ）

ヴァルターは、再びの回帰を阻止し伯爵家を守る道はほかにあると言っていたし、アデリナも一切迷わず今の道を進んでいるわけではない。

けれど、回帰前は敵の総大将ではあるものの、個人としてはよく知らなかったカールの人となりを理解するにつれて、やはり彼に与しなくてよかったと確信するのだった。

◇◇◇

愚かな異母兄に代わってヴァルターが店員に謝罪をしてから、二人で店へと入る。

見本のドレスがたくさん並べられている広い空間だが、客はアデリナたちだけだった。

この店でドレスを注文するのが初めてであるため、まずは採寸から始まった。カーテンで仕切られた場所に、女性の針子と一緒に入り、ありとあらゆる場所を計測される。

それが終わると紅茶を飲みながらの打ち合わせだ。

「ドレスはやはり青だ。暗くなりすぎないように、白のレースを合わせて……ネックレスは真珠だから相性もいいだろう」

意外にもヴァルターが積極的だった。

（ヴァルター様、女性のドレス選びなんて……できたの……？）

もちろん流行のデザインを提示してくれたのは仕立屋側だが、ヴァルターの意見はアデリナにも納得ができるものだった。

「私の好みばかりではだめだな。聖雨祭は一夜限りではないんだから、アデリナの好きな色でも一着作ろうか」

そんな提案もしてくれる。

なぜか本気を出しはじめたヴァルターが、とてつもなく優しい善良な婚約者になってしまい、アデリナはどんどんと拒絶できなくなっていった。

ドレスを注文したあとは、昼食を食べて、噴水広場の周辺を散策しながらお菓子や雑貨を買う。

会話の途中で「セラフィーナが好きな」とか「ユーディットのおすすめで……」なんていう言葉が無意識に挟まる。

（そっか……あのお二人に聞いたんだ……）

やはりヴァルターは乙女心《おとめごころ》などわからない不器用な青年のままなのだ。

それでもアデリナのために、セラフィーナたちに助言を求めてくれたことが素直に嬉しい。

ユーディットはともかく、セラフィーナは兄のことをからかったに違いない。

どんな顔をして頼み込んだのだろうかと妄想するとついおかしくなってしまった。

回帰以前からの長い付き合いの中で、こんなにも普通のデートをしたのは初めてだった。

アデリナは日が暮れる直前まで、ヴァルターと二人で過ごす時間を楽しんだ。

帰りの馬車の中ではヴァルターの口数が減っていた。

そろそろ会話の種も尽きて、本来の彼に戻ったのだろう。

胸ポケットから取り出した手帳を確認しているのは、そこに困ったときの対応方法が書かれているからかもしれない。

文字を読んで、顔をしかめ、そのまま何度か目を閉じてはハッとなるという行動を繰り返す。ヴァルターはきっと眠いのだ。

（無理をしていたんでしょうね……）

アデリナはあえて声をかけずに見守っていた。

すると本格的に船を漕《こ》ぎはじめる。

（あっ、手帳……）

完全に寝入ったところで、彼の手から手帳がこぼれ、床に落ちた。

アデリナは反射的に手を伸ばし、それを拾い上げた。

人の手帳を盗み見るのはいけないことだ。

けれど拾おうとしただけでも、開いてあるページはどうしても視界に入ってしまう。

そこには、「夫婦になったあかつきには、情熱的な夜を過ごすべき」と書かれていた。

「……破り捨てたい」

アデリナは本気で身の危険を感じはじめたのだった。

◇　◇　◇

普段ならとっくに就寝している時間だが、今日のアデリナはなかなか寝付けず、フラフラとバルコニーに出て、夜風に当たっていた。

(不覚にも楽しんでしまったわ！)

時々雲に隠れる月を眺めながら、考えていたのはヴァルターのことばかりだ。

闇属性を隠し持っていると知りながらヴァルターを恐れないアデリナに対し、彼は早くも執着している気配がある。

アデリナのほうも、回帰前の望みが今ならばなんでも叶う気がして、だんだんとヴァルターを嫌いにならなければいけない理由が失われていることを強く感じていた。

「今度こそ……平凡で、穏やかで幸せな恋がしたかったのになぁ」

ヴァルターはいつでもアデリナの心をかき乱す。

内戦が起こらなくても、きっと彼と歩む道は波瀾万丈だ。やめておいたほうがいいと、常識人の心が警告しているのに、拒絶ができない。

夏が近づいているとはいえ、夜は冷える。

少し寒さを感じたアデリナは、部屋に戻ろうとしたのだが……。

「蝶《ちょう》？　どうして光って……」

光をまとう蝶がヒラヒラと舞い、バルコニーの手摺《てす》りに止まる。明らかに普通の蝶ではない。おそらく魔法でできているのだろう。

『アデリナ』

気配から察しはついていたが、ヴァルターの声が聞こえた。

あたりを確認すると、建物の東側で手を振っている人影が見えた。暗闇で、しかもかなりの距離があるために顔はまったく見えないが、ヴァルターなのだろう。

「こんな魔法は初めて見ました。綺麗……」

蝶に向かって話しかける。

『風邪を引くし、身体のラインがわかる寝間着のまま外に出るのはダメだ。夜間も時々、私の配下の者が巡回しているのだから』

彼はどれほど目がいいのだろうか。

こちらからは人がいるのがようやくわかる程度だが、あちらからは丸見えという状況には抵抗を感じる。

アデリナは寝間着をギュッと摑んで、ヴァルターがいる方向に背を向けた。

「わかりました！　部屋に戻ります」

『いや、そちらに行ってもいいか？　話がある』

「……今日、たくさんお話ししましたよね？　婚約者でも夜中の密会はいけません」

『……』

蝶からの返事はない。

断りの言葉が聞こえているのに無視したのか、それとも魔力が途切れたのかはわからない。

光の蝶はパンッと弾けて、花火みたいに消えてしまった。

しばらくすると、部屋の扉が開く音がして、ヴァルターが姿を見せた。

彼は一切ためらうことなくバルコニーに近づいて、アデリナの肩に上着をかけた。

「ダメって言いました！」

「すまない、聞こえなかった」

かなり白々しい言い方だった。彼は最初からアデリナの許可など取る気がなかったのだとわかる。

どうせ居座るつもりなら、アデリナには止める方法などないのだ。無駄な体力を使わず、彼に合わせたほうがいい。

「それで、話とは？」

「時戻しの魔法について聞いてから、ずっと考えていたんだ」

「なにをですか？」

「アデリナが私に復讐する方法」

「……はい？」

復讐という発想は、アデリナにはなかった。

ぶん殴ってやろうとか、今度こそ好きになんてなるものかとか、その程度の思いしか持ち合わせていない。

「私にその記憶はないが、君には復讐する権利がある」

「言われてみれば、そうかもしれませんが」

そうは言ったものの、アデリナは彼を憎んではいない。

だからこそ自分ではまったく思いつかない復讐の方法に興味が湧く。

「私はこれから益々君を好きになるだろう。引き返せないくらい……好きになる。それから、アデリナの理想の王子様になるべく、生まれ変わろう」

「王子様が好きなわけじゃ……」

心が二十八歳のアデリナは、ヴァルターの前で他者を褒める表現として何度か「王子様」と言ってしまったことを、今更だが後悔していた。

ヴァルターはそんなアデリナにかまわず話を続ける。

「……アデリナのために改心して、カールとの戦いが終わったら今以上に君のために尽くす理想の婚約者になる」

「困りますよ！　第一、ヴァルター様は伯爵家の婿になるつもりがないですよね？　すべてが終わったら婚約解消ですっ！　もう、絶対、絶対に意地でもしてやります」

伯爵家を共に支えてくれる者を伴侶とすべきアデリナは、臣に下る選択をしないヴァルターとは結ばれない。

それに復讐の話はどうしたのだろうか？　復讐どころか、二度目のこの世界でも夫婦に――今度は真の夫婦になってしまいそうだ。

「伯爵は善良な人みたいだから、君が望めばいくらだって方法はあるはずでは？」

「それは……まぁ……」

「親戚から跡取りとなる養子を迎え入れることくらいはするだろう」

「そうですね、私が望めば……」

それは社交界デビュー前に父から聞かされていた。

もし好きになった殿方が、貴族の跡取り息子であったら、その人を選んでかまわない、と……。

両親は将来アデリナとその婿がクラルヴァイン伯爵家を守っていく未来を望んでいたが、娘に選択の余地も与えていたのだ。

「……結局、ヴァルター様が私に優しくなんてしたら、私はどうやって復讐をすればいいんですか？　ぜんぜんわかりません」

「だから、君に尽くし、君のために変わる努力をした私を……捨てるんだ」

「はぁ？」

思わずまぬけな声が飛び出した。

「私が君を想い、政略的な障害もない。……結ばれない理由は、君の気持ちが私にないから……という状況を作り出す」

「なに、言って……」

「そのほうがより完璧な復讐になるだろう。もし、君が本気で私を嫌いだと言ったら、身を退く覚悟はある……たぶん……」

回帰前の人生でも、今の人生でも、アデリナの苦労はすべてヴァルターが元凶だ。

それでも隣にいることをやめられなかった。そんな相手が、これからは本気を出してくるという。

そして、その本気をはね除《の》けてみろと言っているのだ。いくらなんでも無茶苦茶だ。

「私は何度もあなたのことが……嫌い……だと、言いました！　ダメ夫だって言いましたよ」

「嫌いだなんて本気で言っていないはずだ。嫌いになりたい、だろう？　大きな差異がある」

ヴァルターが急にアデリナの手を取った。

「逃げてごらん」

その場でひざまずいた彼は、ゆっくりとアデリナの手を自分の近くに引き寄せる。

（この人、私が逃げ切れるなんて、まったく思っていないじゃない！）

手に力を込めて抵抗するが、敵わない。

けれどそれは、圧倒的に力の差があるからではなく、アデリナが全力を出していないからだ。

ヴァルターの唇がゆっくりと手の甲へ近づいていく。

結局アデリナは彼の体温を直接感じても、なんの行動も起こせなかった。

「そんなんじゃ、すぐに捕まりそうだな」

短いキスのあと、ヴァルターが顔を上げる。月明かりしかない場所でも悪い笑みを浮かべているのがわかった。

（ま、負ける……。今、この瞬間に……もう敗北が確定しているわ……）

彼はいったいどれだけアデリナを翻弄するつもりなのだろうか。

やっぱり腹は立つものだから、アデリナは挽回《ばんかい》する方法をどうにか考えた。

「……だったら、私がほかの誰かを好きになるための行動を、邪魔しないでくださいますか？」

アデリナが彼を唯一だと思っているのも、恋愛経験が乏しいゆえの思い込みかもしれない。それは彼も同じで、彼を取り巻く環境が平穏になれば、もっと周りに目を向けるようになる可能性は大いにあった。

「心は自由だ、心は」

「身体は自由じゃないと？」

「身体も自由だろう。品行方正なアデリナが、婚約者がいるのにほかの男と親しくできるのなら……自由だ」

「卑怯です！」

「そう、卑怯なんだ。……アデリナ、私を嫌いになれ」

こんなふうに笑う彼をアデリナは知らない。

嫌いになれという言葉の裏に、離さないという意思を感じた。

「とりあえず、ものすごく！　ものすごく！　嫌いになりたいです。そろそろ帰ってください」

これは勝負だ。持ちかけられた初日からの完全敗北を恐れ、アデリナはとにかく彼を追い出すことにした。

「最後にもう一つだけ」

「まだなにかあるんですか？」

ヴァルターはようやく立ち上がるが、手はずっと握ったままだった。

「白い結婚について、あの夜から、私なりに調べていたんだが……」

あの夜というのは毒蛇事件のあとに、アデリナが回帰を告げたときを指すのだろう。

「未来の話をどうやって？」

「そうではなく、過去の闇属性の者についてだ」

「そ、そうでしたか」

「闇属性は遺伝しない……というか、子孫を残した記録がない」

闇属性は有史以来、ずっと禁忌とされてきたわけではない。むしろ戦乱の世に実在した英雄の何人かがその状態だった可能性が高いとされている。

もちろん忌み嫌われるに至った理由もちゃんとある。

過去、一国が滅びるほどの厄災をたった一人で引き起こした者がいたのだ。

「君は……転化する前の私をよく知らないのだろう？」

「ええ、まぁ……」

「かつての私が一切してこなかったことを、今の私ができているのだとしたら……」

白い結婚となったのも、闇属性への転化のせいかもしれないとヴァルターは言いたいのだ。

（それは……あり得るかもしれないけれど……）

かつての彼は結婚当初から後継者は不要だと言い切っていたし、真の愛情を心に宿せない人だということはアデリナもわかっていた。

彼はアデリナに対してだけではなく、家臣にも同じ宣言をしていた。

けれど心ない者がいて、ヴァルターが愛情を持てないのは、アデリナの魅力が足りないせいだと言って責めた。

アデリナは、ほかの女性を妃に迎えても状況が好転しないという確証を得ていなかった。

そしてヴァルター自身にも、証拠を示せるものではなかったはずだ。

「つまり、今の私は……二十歳の男らしく、君に邪《よこしま》な感情を抱いているということだな」

「そんなっ、さわやかな笑顔で言われても！　……だったら、余計に……今すぐここから出ていってください」

身の危険を感じたアデリナは、本気でヴァルターを強く押し、距離を取った。

ヴァルターは名残《なご》惜しそうにしながらも、今度は大人しく出ていった。

「上着……借りたままだったわ」

彼ももう眠るだけだろうし、明日にでも返せばいいだろう。

アデリナは窓を閉めてから、ヴァルターの上着を抱えたままベッドに倒れ込んだ。

（あぁ……ついに理由が全部なくなっちゃった……）

数々の誤解が解けて、ヴァルターが努力をしてくれるのなら、もう別の恋を探す理由は失われている。

（だったら、この先も……ヴァルター様には光属性のままでいてもらわなきゃ……）

アデリナは闇属性が悪だとは今でも思っていない。

ただ、人が到達してはならない領域だと感じていた。

彼の身体を蝕《むしば》み、心さえも変えてしまうのなら、完全なる転化は避けるべきだと強く思う。

結局アデリナの幸福はヴァルターの平穏なくしては成り立たない。

きっと回帰したあのとき、二人の魂は溶け合って、もうどう足掻いてもその繋がりは消えない状態になってしまったのだ。

【11】追憶編　破滅へ向かう二人の話

二十七歳の王妃アデリナの杞憂《きゆう》は日に日に増すばかりだった。

当初、悪を打ち破り民を守ったという理由で見逃されていたヴァルターの闇属性が、やはり異端であったと認定されてからどれくらい経っただろうか。

聖トリュエステ国の大司教の呼びかけで、周辺国は今、残酷な魔王ヴァルターを討伐するべきか否かを真剣に検討しているらしい。

そんな中、マスカール王国のリシャール王太子の訪問があった。

ほぼお忍びの非公式に近いかたちでここまで来たのは、正規の手順を踏んではいられないほど状況が切迫しているからだと推測できる。

「陛下、リシャール王太子殿下が訪ねてきてくださいましたよ」

「どうせ、説教でもしに来たのだろう。まぁ、いい……一応会うか」

生真面目なヴァルターはこの日も執務室で国王の責務を果たしていた。

最近、順調だった内政にも問題が生じはじめていて、多忙なのだ。

今までもそうと知っていて見逃してきたというのに、聖トリュエステ国の聖職者が急にヴァルターを異端認定した理由は、オストヴァルト王国の国力が増すことを警戒した周辺諸国からの要請があったからだ。

この要請には多額のお布施――つまり、金が動いていると推測された。

欲にまみれた聖職者たちの戯言《たわごと》をオストヴァルト王国が聞き入れる道理はないのだが、そうは思わない者も一定数いる。

信心深い者の中に、異端の国王を暗殺しようとくわだてる者が出てきた。

もちろん、ヴァルターがそんな輩《やから》に負けるはずもなく、敵は返り討ちとなる。

国王暗殺は、未遂であっても重罪で、犯人が国の法によって裁かれるのは当然だ。

けれどなぜかそのことが、ヴァルターが敬虔《けいけん》なトリュエステ教徒を虐げた魔王である証拠となるのだ。こちらは法を犯していないし、むしろ治安を乱しているのは敵側だ。

にもかかわらず、敵は聖職者の言葉に従い悪を討ち滅ぼそうとした者が、憐れにも魔王に捕らえられたなどという主張をし、結果ヴァルターの罪が増えていく悪循環に陥っている。

リシャールは、そんなヴァルターと聖トリュエステ国との妥協点を探るべく、交渉に来たのだ。

彼との面会は、城内のサロンで行われた。

「ヴァルター陛下。お久しぶりですね。アデリナ妃も、お元気そうでなによりです」

リシャールは茶色の髪にエメラルドみたいな瞳を持つ、物腰の柔らかい青年だ。

ヴァルターよりは一つ年上なのだが、やや童顔であるため、いくつか下に見える。

いつも笑顔を絶やさない、明るい人柄で人望もあり、容姿も整っているという完璧な王子だった。

「ようこそ、リシャール王太子殿下。殿下もお元気そうでなによりです」

アデリナは、差し出された手を取って握手を交わす。ヴァルターも無表情でそれに続いた。

「とりあえず、座って話そうか？」

紅茶の用意が終わってから、すぐに本題に入った。

「ヴァルター陛下は、私の訪問理由を察しておられるのでしょうね」

「どうせあちらは、私が絶対に呑めない条件を提示してきているのだろう？　わざわざ小間使いになるとはご苦労なことだ」

リシャールが困った顔をして頷いた。

「我がマスカール王国は、あちら側に与するつもりはありません。……ただ、争わずに済む道があるのならば示したいと思い、今回はお引き受けしたのです」

「で？　条件とは？」

「ヴァルター陛下がこれまで併合した地域を独立させることと、城内に捕らえられている敬虔なるトリュエステ教徒の解放……あとは、浄化の儀式を行うためのお布施……でした」

ヴァルターは自ら進んで他国との戦いに挑んだことはない。内戦で疲弊したオストヴァルト王国を侮り攻め入ってきたのは相手国で、それを許さなかっただけだ。

そしておそらく、提示された和解案なるものの中で、ヴァルターが一番許せない条件は……。

「浄化……！　笑わせてくれる」

一国の王を穢《けが》らわしい者だと認定して、浄化を行うという。そんなことを認めたら、ヴァルターが闇属性であり続ける限り「浄化が足りない」という主張で追加のお布施が課されるのが目に見えている。そして彼らは、拒絶した瞬間に攻め入ってくるのだろう。

ヴァルターが認められるはずのない条件だった。

リシャールもヴァルターが屈するはずはないとわかっているのだ。敵側が示した条件を説明するだけで、説得するつもりはないみたいだ。

「陛下。……マスカール王国は貴国に協力することはいたしかねます」

「それは、賢明だと思うぞ」

苦しげなリシャールに対して、ヴァルターはあっさりとしていた。

ヴァルターとリシャールのあいだには、ほんのわずかかもしれないが友情がある。それでも友情のために自国の民を戦に巻き込むような真似はしない。リシャールは立派な次期国王だった。

「……ですが、あちら側にも正当性はないと思っています。中立という半端な対応しかできませんが、敵にはなりません」

リシャールは正義の人だった。正しい発言をして、正しい評価が得られる彼に、このときのアデリナは嫉妬してしまった。もちろん、顔にも言葉にも出さない。

ヴァルターも同じであったなら、どれだけ迷わずに自らが決めた道を堂々と歩んでいけたのだろうかと想像すると、少しだけうらやましくなったのだ。

「それで十分だ、リシャール殿」

相変わらず無表情のヴァルターに対して、リシャールは最後までひかえめな笑みを浮かべていた。けれど来たときよりもどこか寂しそうなのは、これが最後の語らいになる可能性を考えているからだ。

紅茶を一杯飲むだけの短い時間の面会を終えて、リシャールは帰っていった。

残ったヴァルターは、ソファに深く身を沈め、ぼんやりと天井を見つめていた。

「我が妃にたずねたいのだが、私の罪とはなんだ？　本当にわからないんだ」

「ございません、なにも……ございません」

これは、アデリナの心からの言葉だ。

かつて闇属性で大罪を犯した者がいたとしても、ヴァルターは罪を犯していない。

ほかの属性の者であっても、罪人はいる。

だったら、属性によって予防的に裁かれることなどあってはならないと本気で信じていた。

アデリナはこれまで散々、敵を作るべきではないと彼を諫めてきたし、こうならない道もあったと信じている。どうして妥協ができないのかと、何度も彼を恨めしく思った。

それでも、彼には罪がない。

「嘘だ、わかっている。闇属性に心を支配されていることだろう？　奴《やっ》らの主張はまったくのでたらめではないのだろうな。強い力は心を蝕むものだ」

「陛下のお心のすべては……私にはわかりません。ですが、それでも言わせていただきます。どうか、和睦の道をお考えください。ご命令があれば、私があちらに出向きますから」

ヴァルターが絶対に譲れない部分がなにか、わかっているつもりだった。

すべてを受け入れるか、逆にすべてを突っぱねるかという選択をするのは外交ではない。

交渉を拒絶するのは、あまりいい手には思えなかった。

けれど、ヴァルターはただ首を横に振るだけだ。

「私が闇属性であり続けるのは死ぬまで変わらない。一度譲ってもその場しのぎで、何度も奪われ……国が弱体化するのが目に見えている。……次に起こるかもしれない戦は、間違いなくもっと厳しい条件になる」

「陛下……」

「王妃は、ここに。私のそばから離れることなど許さない」

ヴァルターが立ち上がり、わずかに震えていたアデリナの手をそっと包み込んだ。

いつからか触れることも触れられることもためらいがちになった彼が、そんなふうにするのはめずらしい。

崩壊が始まっているのを知りながら、不思議と怖くはなかった。

そして破滅に向かって歩んでいる予感がしつつも、彼から離れようとは思えないのだった。

【12】今のあなたが笑うたび、過去のあなたを思い出します

カール側に悟られないように気をつけつつ、血染めの薔薇についての調査は進んでいる。

調査開始から一ヶ月で、ヴァルターの配下の者が接触していた候補者のメイドから、相談が持ち込まれた。

メイドは、バーレ男爵家の内部で悪い噂が流れていると知り、気にしているみたいだ。

これまで行方不明になったのは、捜索願いを出す者がいない独り身の者ばかり。

けれど、たとえ短い期間であっても使用人同士の交流はあり、同僚にとっては彼らの失踪は不自然なのだ。

例えば、ここでの仕事は楽だと語っていた者が仕事が苦痛で夜逃げしたことになっている――など、男爵が考えていた筋書きと、同僚の印象に差異が生じていて、不審に思われていたらしい。

しかし使用人たちが主人に疑問を投げかける機会などないため、男爵は使用人たちのあいだで噂となっていることに気づけない。

ヴァルターは『たまたまバーレ男爵家のメイドと親しくなった部下が仕入れた情報』から捜査を行い、水面下で男爵と接触を図った。

もちろんまだ、血染めの薔薇の件をこちらからは言えない。

ヴァルターは、男爵を行方不明者の件で少し厳しめに尋問した。

もし、取り調べを受けていることを真の黒幕に知られたら、バーレ男爵がすべての罪を背負い、今日にでも彼らに殺されるだろう。トカゲの尻尾《しっぽ》切りというやつだ。

バーレ男爵には、罪から逃れられる方法は一つもない。黒幕に従っただけの男爵が残虐な大罪人となり、最も卑劣な者だけは逃げおおせる可能性がわずかにある。

こんな理不尽を許していいのか……。

そんなふうに男爵を説得していったのだ。

こういった話術はヴァルターよりもコルネリウスが得意だった。

やがて罪から逃れられないことを悟った男爵は、ペラペラとすべてを話しはじめる。

自分は権力者からの命令によって無理矢理従わされていただけという主張で、どうにか減刑を求めるしかないと考えたのだろう。

結局彼は、保身のためにカールたちの命令に従順なふりを続けながら、ヴァルターに従う駒となった。

あくまでカールに悟られないように動かなければならないため効率は悪いが、男爵から芋づる式にアビントン伯爵やほかの貴族、そしてバルシュミーデ公爵や王族の二人が関わっている証拠を手に入れることができた。

(そう……証拠を揃えることまでは、できるとわかっていたのよ。問題は決戦の日に一発勝負に出なければならない部分だわ)

国内外の貴族に「この日、国王と王太子を断罪します」なんていう話を通すことはできない。

この情報をカールに渡して恩を売ろうと考える者が出てしまったら計画が破綻するからだ。

だから、ほとんどの貴族はこんな騒動がくわだてられている事実を知らない。

もちろん、そのまま内戦状態に突入する可能性も否めないため、すでに盟約を結んでいる南部貴族や絶対に裏切らないはずの者には、協力を仰いでいる。

誰が信用できて、誰があやしいかは王妃だった頃のアデリナの記憶が役に立った。

当日は、唐突に断罪劇が始まる。九割の参列者たちにはその場でどちらを支持するのかを判断してもらわなければならないのだ。

(やっぱり、今の私にできることは少ないのだけれど)

平凡な伯爵令嬢のアデリナには、セラフィーナのお世話と書類整理の手伝いくらいしかできない。

ヴァルターたちが本来の職務を完璧にこなしつつ、捜査も続けるという激務に奔走している様子を見守りながら、この日も一日が終わっていく。

私室のベッドで目を閉じて、うつらうつらとしはじめる。

するとわずかに、ギーッという音が聞こえた気がした。

「うぅ……ヴァルター様？　……遅かったですね……お疲れ様です……。先に眠ってしまって……ごめんなさい」

ぼんやりとした頭で、夫に声をかけた。

アデリナが先に眠るとき、ヴァルターはいつもそっと扉を開けて入ってきてくれる。

普段と違うのは、ヴァルターがいつまでも隣に来ないことだった。

「ヴァルター様……。まだお眠りにならないのですか……？」

「眠っていいのか？」

ヴァルターがベッドのそばにやってきた。その表情はただ困惑しきっているという印象だ。

一切触れないくせに、アデリナがセラフィーナのように暗殺されたらどうしようかという不安から、必ず同室で眠ることを求めているのはヴァルターのほうだというのに、おかしな話だ。

「当たり前……」

そこまで言って初めて、アデリナはすぐ近くにいるヴァルターが夫ではないことを思い出す。

「アデリナ……」

「いいえ、ダメです！　なぜ深夜に乙女の部屋に忍び込んでいるんですか!?　絶対ダメです！　今すぐ出ていかないと、大声で叫びますよ」

アデリナの感覚では、数ヶ月前までは一緒に眠っていたのだ。

寝ぼけて、彼が隣にいるのが当たり前だと勘違いしてしまったが、回帰した今の二人はそんな関係ではない。

アデリナは上半身を起こし、ヴァルターの身体を強く押した。

けれど彼はかまわず、アデリナに背を向けるかたちでベッドの端に腰を下ろす。完全に居座るつもりだ。

「ヴァルター様、早くっ、出ていって！」

「今日は汚いものを見た」

真剣な声色に驚いて、アデリナの手から力が抜けた。

「汚いもの……って」

「醜悪な人間だ。保身のためなら……なんでもする。身分の低い者の命など、なんとも思っていない……醜い顔で、笑っていた……」

部屋が薄暗くてほとんど見えないが、彼の髪は今、何色なのだろうか。

美しい銀色が、いつもより濁った色に見えてしまうのは気のせいか。

「ヴァルター様」

とにかく彼は今、闇に呑み込まれまいとして足掻いているのだ。

非常識な行動だとわかっていながら、追い出せなくなってしまう。

「ああいう者を消し去りたいという衝動を持つのは異常だろうか？」

捜査の過程の取り調べで、彼は人の負の面ばかり見てしまったのだろう。

「普通ですよ。……私にだって誰かを憎む気持ちはあります。卑劣な人間が消えてくれたらいいと
……思ったこともあります。力がないですし、罪人になりたくないので、実行はしませんけど」

アデリナは、ひとまず彼を追い出すことをあきらめる。

どうにか安心させたくて、手を伸ばし、頭を撫でてあげた。

子供にするみたいなアデリナの対応への非難はなく、彼はそれを受け入れている。

「教えてくれただろう？　闇に染まりそうになったら、どうすべきか、なにを考えるべきか」

そういうときは好きなものについて考えてみたらいいと、彼に助言をしたのはアデリナだった。

回帰前の闇に呑み込まれて以降のヴァルターが、力を持て余し制御できなくなりそうなときによく
そうしていたのだ。

「本当に、仕方のない方ですね……」

アデリナは頼られているこの状況に喜びを感じていた。

（ヴァルター様は……私を想ってくれている……の……？）

告白に近い言葉は、初デートの日の晩にすでにもらっていた。

アデリナは現在、頑張って嫌いになろうとしている真っ最中である。それでも、回帰前にはなかった素直な言葉が彼の口から紡がれるたびに、胸の中が熱くなる。

そして彼が素直になればなるほど、アデリナのほうがひねくれてしまうのだ。

「今夜だけですよ……変なことをしないって約束してくれますか？」

ヴァルターはゆっくりと頷いてから、身体の向きを変え、もぞもぞとベッドに寝そべる。

(回帰前、十六歳の私なら……動揺して泣き出していたかもしれないんですからね！)

転化の気配があるのなら、冷たく拒絶することはできない。

アデリナは一般的にはよくない行為だと理解したうえで、彼の隣に寝転がる。

「それでは、手を握ってあげます。……私の知っている未来のあなたも、こうしていると少しは心が落ち着くみたいでした」

消えてしまった彼を思い出しながら、アデリナは軽く手を握った。

けれど、すぐにその手は振り払われる。問答無用でグッと引き寄せられたのだった。

「ちょ……ちょっと苦しいっ！　それに、調子に乗らないで。……私、こういうのは慣れていないから……」

たくましい胸板に顔が密着して息苦しい。急激に心臓の音がうるさくなっていく。

なにせヴァルターは挨拶のキスすらしない人だった。アデリナが慣れているのは同じ部屋で眠ることまでだ。

「だからやってるんだ」

ヴァルターの知らない、アデリナの夫だった男性がしなかった行為をすることで、彼はアデリナの一番になろうとしている。

「そういう嫉妬は困ります」

アデリナがなにを言っても、彼は離れてはくれなかった。

翌日、アデリナとヴァルターは二人揃ってセラフィーナに怒られたのだった。

◇◇◇

いよいよ明日から聖雨祭が始まる。

王族二人の断罪に向けての準備は進み、この日までにできる限りの証拠と証人は揃え、あとは当日どう振る舞うかがすべてとなっていた。

開催数日前から前日までは、国外からの客人がぞくぞくと到着する。

正式な行事はないものの王族はそれに合わせ、軽いもてなしや会食、場合によっては会談などを行う。

回帰前のアデリナは、公式行事のみヴァルターの婚約者として参加したのだが、今回はそうはいかない。ヴァルターが望む場所に一緒に行って、それ以外の時間はできるだけセラフィーナに付き従う。

第二王子の婚約者と第一王女の侍女という二つの肩書きを持っているため、この数日大忙しだった。

(明日からは公式行事ね!)

聖雨祭の初日は、聖トリュエステ国から招いた聖職者を含め、他国からの客人たちを改めて歓迎するための式典から始まる。

二日目は大司教による祈りの儀式。三日目の夜は舞踏会と続き、四日目が最終日だ。

四日目は聖職者、隣国からの客人、そして国内の有力貴族を前にして、国王が今後の国の方針を言葉で示し、聖雨祭の終了を宣言する。

豊穣の儀式を妨げるのは得策ではないため、狙うのは最終日だ。

臣民に対して「国のために尽くすように」などと言う権利があるのかを、王族の二人に問いただすのだ。

勝負は四日目。それまでは、カールにこの動きを悟られないように、聖雨祭を楽しみながら、水面下での駆け引きを続ける必要があるのだが……。

（なんで私が、この兄妹の板挟みに？）

青の館からオストヴァルト城の中心部へ進んだところにある中庭で、ヴァルターとセラフィーナがにらみ合っている。

二人のあいだに挟まる位置に立ち尽くすアデリナは、そばで見守るユーディットとベルントに目で助けを求めた。

けれど、二人とも首を横に振って、後ずさりをするだけだ。

兄妹喧嘩に介入したら酷い目に遭うとわかっているのだろう。

「わたくしは、大司教様へのご挨拶に出向くのです！　侍女であるアデリナはわたくしについてくるべきですわ」

セラフィーナはこれから、到着したばかりの大司教への挨拶に向かう予定だった。

彼女は神聖なる光属性の魔力を有するオストヴァルトの女神だ。

しっかりと顔を覚えてもらうことで、最終的に大司教を味方に引き入れたい意図がある。

「こちらも、客人への挨拶に同席させたいんだ。……勘違いしているようだが、セラフィーナの侍女である前に、アデリナは私の婚約者だ。どちらを優先すべきかは明白なはず」

「侍女はちゃんとした役職ですから、わたくしが優先ですわ！」

セラフィーナは一方的な宣言で、アデリナの腕にギュッと絡みついた。

ヴァルターも腰に腕を回して、自分のほうへ無理矢理引き寄せる。

「ちょっと……苦しい……」

ひかえめな主張は二人には届かない。

「昨日もそうやって、独占したじゃないか。セラフィーナにはユーディットだっているんだし、アデリナがいなくても大丈夫だ」

「だったらお兄様にもベルントがいるじゃない」

「そんなの嫌だ！」

ついには引っ張り合いを始めてしまう。

「ちょっと、お二人とも！　痛いです」

アデリナが声を荒らげると、途端に込められていた力が弱まる。

さてどうするべきかと思案している最中に、物陰からガサゴソという音が聞こえた。

「……ハハッ」

樹木が植えられているあたりに人の気配があった。このやり取りを誰かが見て、笑ったのだ。

（どうしよう？　セラフィーナお姉様の印象が……）

元々セラフィーナは城内で自由奔放なわがまま王女として振る舞っている。

カールや臣たちにその姿を見せても、国民からの圧倒的な人気は覆らないとわかっているのだ。むしろ二面性をわざと見せつけることで、敵を苛立たせて楽しんでいそうな気さえする。

けれど今日は、外国からの客人が多くこの城に滞在している。

セラフィーナの完璧な女神像が崩壊してしまうことを、アデリナは恐れた。

「誰だ？」

ヴァルターが低い声で問いただす。

中庭に植えられた木の向こうから、茶色の髪の青年が従者を伴って姿を見せた。

「失礼いたしました。……私はマスカール王国王太子、リシャールです。こうして直接お話をさせていただくのは初めてですね？」

「ヴァルター・ルートヴィヒ・オストヴァルトだ」

愛想の一つも感じられない名乗りだった。

「オストヴァルト王国第一王女セラフィーナですわ。……リシャール王太子殿下、遠路はるばるようこそ」

コロッと態度を変えたセラフィーナがリシャールに向き直り、優美な挨拶をした。

（どどどど、どうしよう！）

おそらく、中庭に集う者の中で最も焦っているのはアデリナだろう。

リシャールは、アデリナが考える有力なセラフィーナの夫候補なのだ。できれば二人には仲よくなってもらいたいと思っていたのに、この出会いは最悪だった。

実際、リシャールの笑みは引きつっている。

「オストヴァルトの女神と名高い、あなたとこうやってお話しでき、て……。クッ、ハハハッ」

リシャールが、耐えきれずにまた笑い出す。

「ぶ、無礼ですわ！」

取り繕うのを完全にあきらめたセラフィーナが、リシャールを思いっきりにらみつけた。

アデリナは、自分の思い描いていた理想の王女様と王子様の恋物語が崩壊する予兆を感じ取って戦慄する。

どうにか軌道修正できないものかと必死に考えるが、妙案は思いつかない。

「笑われても仕方ないと思うが？　……オストヴァルトの女神……前々から恥ずかしい名だと思って

いた」

ヴァルターは、まるで他人事だった。

「なんですって⁉　お兄様はお黙りになって！」

兄妹の争いが再燃しそうになった頃に、リシャールがようやく笑うのをやめて、姿勢を正す。

「……失礼いたしました。もう少し、近寄りがたい方だと勝手に想像しておりました。まさかこんなに可愛らしい王女とは……」

しない。

リシャールはセラフィーナのそばまで歩み寄ると、手を差し出した。

高貴なる女性への挨拶として、手の甲へキスをするつもりなのだ。

彼は人格者だから、セラフィーナの性格が多少思っていたのと違っていても、王女を見下すことはしない。

セラフィーナはツンとした表情のまま、リシャールに手を差し出す。

手袋越しに、触れるか触れないか程度のキスをして、リシャールはすぐに顔を上げた。

（……あれ？　この出会い……。もしかして悪くないのでは？）

回帰前のアデリナが見た印象的な光景は、物語か絵画かといった現実離れした美しさのダンスシーンだ。

セラフィーナは女神で、リシャールは完璧な王子様。見守っていた者たちが息を呑むほどの理想を体現していた。

今の二人はそれぞれ、ひねくれ王女と笑いの壺《つぼ》が浅い王子である。

けれどだんだん、そのほうがセラフィーナのためにはいいような気がしてきた。

回帰前は付き合いがほぼなかったので、彼女がどれくらい他者に心を開いていたのかは憶測に過ぎないが、出会いから演技をしてしまうと本来の姿を見せるタイミングがわからなくなりそうだ。

そんなふうに考え、アデリナは二人の様子を見守る。

すると挨拶を終えたリシャールが、今度はアデリナに向き直った。

「あなたのお名前もうかがってよろしいでしょうか？　お二方からの信頼が厚いようですが……」

「私は――」

名乗ろうとしたところで、腹部に圧迫感を覚えた。

一度解放されていたはずだが、ヴァルターが再びアデリナを捕らえたのだ。

「彼女は私の婚約者で、クラルヴァイン伯爵令嬢のアデリナだ。セラフィーナの侍女でもあるから、聖雨祭の期間中顔を合わせる機会もあるかもしれない。……そのときはよろしく頼む」

拘束されているせいで、ヴァルターの表情は見えない。

けれどおそらく、知らない人に警戒する猫みたいな状態になっているに違いない。

（……おかしい。理想の王子様を目指してくれるんじゃなかったの？）

挨拶のキスなど絶対にさせないという強い意思を感じる。

理想の王子様、または理想の婚約者に生まれ変わると言っていたのに、ヴァルターはどこまでも勝手だった。

「本当に皆さん仲がよろしいようで、うらやましい限りです。……オストヴァルト王家の方々を長々と引き留めてしまって申し訳ございません。それでは私は失礼いたします」

リシャールの笑顔は去り際までキラキラしていた。

彼の姿が見えなくなってから、セラフィーナが大きく息を吐く。

「うっかり素が出てしまいましたわ。わたくしとしたことが」

「セラフィーナお姉様、よいではありませんか！」

「よくないわ」

「完璧な女神ではなくてもお姉様は美しいです。それに、飾らないお姿をちゃんと知っていますけれど、私はセラフィーナお姉様が……ぐふっ」

グッ、とみぞおちあたりが押されて、変な声が出てしまう。

ヴァルターが回していた腕の力を強めたのだ。

「君が一番に好意を伝える相手は別にいるはず」

耳元でボソリとささやかれる。

セラフィーナが好きだと言いかけたことを察知して止めたのだ。

彼の声は周りの人間にも聞こえていた。セラフィーナはあきれ、頭を抱えている。ユーディットとベルントはヴァルターの執着に若干引き気味だ。

その後も彼の嫉妬心はおさまらず、アデリナはその日一日、ヴァルターのご機嫌取りに奔走することになるのだった。

◇◇◇

聖雨祭初日は、ひたすらに挨拶をする一日だった。

話をした者の中には、かつての敵もいた。

回帰前の世界でカール派だった者、途中でヴァルターにすり寄った者、そしてのちにオストヴァルト王国に攻め入ってくる国の関係者――。

今はまだ敵ではない彼らに笑みを向けられるのは、アデリナにとって不思議な感覚だった。

どちらの派閥に与するかは、ほんの些細《ささい》なきっかけで変わる。

かつて味方だった者の中に、絶対に信用していいと自信を持って断言できる相手はいるが、敵だった者全員が信用ならない者というわけでもない。

回帰前の記憶は活用すべきだけれど、先入観に囚われるのはやめようと心に言い聞かせるのだった。

そして二日目——聖雨祭の主目的と言える大司教による儀式が始まる。

この日は都で最も古い歴史を持つ教会に移動して、大司教を含めた聖職者たちが豊穣を祈り、大地に魔力を捧げるのだ。

ヴァルターのエスコートで教会の正門を通り抜けたところで、よく知る者たちの姿が目に飛び込んでくる。

「お父様！　お母様」

第二王子の婿入り先予定の家であるため、エトヴィンとジークリンデも参列者となっていたのだ。

「おぉ、アデリナ……まったくおまえときたら、ぜんぜん帰ってこないのだから！」

久々の再会は軽い抱擁と小言から始まってしまった。

春にセラフィーナの侍女として採用されてから、そういえば一度も生家に帰っていなかった。手紙のやり取りはしていたが、父がご立腹なのは仕方がない。

「ごめんなさい、ついお仕事に慣れることを優先してしまって」

「義父上《ちちうえ》、義母上《ははうえ》。……アデリナをセラフィーナと私のわがままに付き合わせてばかりで申し訳ない。聖雨祭が終わったら必ず休暇を出します」

ヴァルターがエトヴィンとジークリンデにほほえみかけた。

その瞬間、二人の顔が強《こわ》ばる。

婚約後の初顔合わせのときのヴァルターは、アデリナの両親の前で感情を見せず、王子だから当然なのかもしれないが偉そうだった。

両親は、ヴァルターの変わりように驚き、すぐに反応できない様子だ。

しばらくの沈黙のあと、エトヴィンがハッとなる。

「ち……ちち!? ……第二王子殿下のお心遣い、痛み入ります。突然侍女になりたいと言い出したときはどうしたものかと思いましたが、うまく馴染めているようで、これもすべて殿下のおかげでございましょう」

ようやく我に返ったエトヴィンがどうにか礼を言う。

ほかに話題が思いつかないのか目を泳がせているのがいたたまれない。

「そ、それにしてもアデリナ……そのドレスは？」

今度はジークリンデが問いかけてきた。

「ヴァルター様が仕立ててくださいました」

アデリナはスカート部分を摘《つ》まんで広げながら、両親にドレスを見てもらう。

ヴァルターがとくにこだわった青いドレスは舞踏会の日に着用予定で、今日は同じ日に注文した別のドレスをまとっていた。

こちらは教会で行われる儀式にふさわしく露出の少ないデザインで、色は薄紫だった。

首元が隠れるため真珠のネックレスは残念ながらつけられなかったが、ドレスについては自分でもよく似合っていると感じていた。

「まぁ、ぐんと大人びて見えるわ。……殿下、アデリナは果報者でございます」

「将来の妻にドレスを贈るのは当然の務めですから」

きっとジークリンデは無難な雑談で盛り上げようとしてくれたのだ。けれど、ヴァルターがまた紳士的な態度であったため、どうしていいのかわからない様子だ。

それ以上会話が続かない。ジークリンデはアデリナに向かって何度もまばたきをしてくる。おそらく「助けて」の意味だ。

（ヴァルター様……好青年になったら周囲が困惑するって、どれだけこれまでの態度が酷かったのよ……）

家族が困っているため、アデリナはひとまず両親とヴァルターを引き離すことに決めた。

「ヴァルター様、そろそろ参りましょう」

「そうだな……。それでは私たちはこれで失礼します」

「はい。どうか近いうちに殿下もクラルヴァイン伯爵家にいらしてください」

「これは嬉しいお誘い。必ずうかがいましょう」

両親が深々とお辞儀をして、会場の前方へと進むアデリナたちを見送る。

両親ともに変わってしまったヴァルターに慣れないまま、最後には緊張からの汗を滴らせ、久々の再会は終わった。

◇◇◇

冷遇されているとはいえ、ヴァルターは第二王子である。儀式を最前列で見守るのは王族の役割だ。

アデリナも第二王子の正式な婚約者として、彼の隣で祭事に参加する。

国王やカールは中央の通路を挟んだ反対側の席にいるので、会話をしなくて済みそうだった。

ちなみにセラフィーナには儀式に必要な杯を祭壇まで運ぶ役目が与えられているから、今はまだ奥の部屋に控えているはずだった。

指定の席で開始を待っていると、背後から蔑むような笑い声が聞こえた。

「ハハッ。どうせ臣に下るのだから……」

「……伯爵たちと一緒の、後方の席がふさわしいだろうに……」

席次は、ヴァルターが望んだものではなく、古くからのしきたりで決まっているのだ。

それでも伯爵家に婿入り予定の第二王子が、自分たちより前にいることが不満で、誰かが嫌味を言っている状況だった。

ヴァルターは涼しい顔をしている。アデリナもわざわざ波風を立てる必要はないと感じながら、聞こえないふりを続けていたのだが……。

「神聖な儀式の前だというのに、随分と醜い者が紛れ込んだものだな。……アデリナ、後ろを見るなよ、穢れるぞ」

ボソリ、とヴァルターがつぶやく。

次の瞬間、教会の鐘が鳴り聖職者たちの入場が始まった。

聖職者たちを出迎えるため、皆が席を立ち、中央の通路を正面に見据える。

身体の向きを変えたことでアデリナのすぐ後ろにいた高位貴族の横顔がチラリと見えたが、屈辱で真っ赤に染まっているのがわかった。

（この方……バルシュミーデ公爵だわ！）

くだらない発言をした者――丸々としたお腹を持つ老人は、カールの外祖父にして、国王の側近でもあるバルシュミーデ公爵その人だった。

静まり返った教会では、もうヴァルターに言い返すことなどできない。

公爵はただヴァルターをにらみつけるだけだった。

(ヴァルター様ったら、時間を見計らっていたのね)

彼ならば、扉の向こうの人の気配を探るのはたやすい。

それまで黙っていたにもかかわらず鐘がなる直前にわざわざ反論したのは、言い逃げするための策だった。

かなりくだらない嫌がらせのために、本気になるのだから困ったものだ。

やがて大司教が祭壇まで辿り着く。

大司教は六十歳前後の白髪の男性だ。やや痩せ気味で背は低い。背筋がピンと伸びていて見た目は気難しそうな印象だった。

実際、真面目で融通が利かない人みたいだが、彼が優先しているのはトリュエステの教義だ。

相手が王族だからなんて理由で、残虐非道な行いを許す人ではないからこそ、アデリナはあてにしている。

大司教に続きほかの聖職者の入場が終わり、参列者がそれぞれの席に着くと、杯を持ったセラフィーナが教会内に入ってくる。

露出の少ない古風な純白の衣装で登場したセラフィーナは普段と違う雰囲気だが、大変美しかった。いつもの表情豊かなセラフィーナのほうがアデリナは好きだけれど、今の彼女はまさに女神で見とれてしまう。

足音を立てずに祭壇まで進み、聖なる泉から汲《く》み上げられた水で作ったという特別な酒が入った杯をそこにそっと置く。

胸の前で手を組んで祈りを捧げると、魔力を放ったわけでもないのに周囲が光り輝いて見えた気がした。

長い祈りのあと、セラフィーナが優雅なお辞儀をして、祭壇から離れる。

今度は大司教が祈禱《きとう》を始めた。

それは今では使われていない古語であるため、アデリナには一部の内容しか理解できない。水や大地……神の名前だけなんとなく聞き取れた。

大司教の声は穏やかで歌みたいだった。

今の大司教は無関係だし、回帰前の出来事ではあるのだが、アデリナにとっての聖職者は、何度も理不尽な要求を突きつけてきた恨めしい相手だ。

けれど祈りの言葉までは嫌いになれそうもなかった。

（せっかくやり直して……こんなにも苦労をしているんだもの。今度はヴァルター様を異端だなんて言わせない……）

豊穣の儀式の最中だが、アデリナはこの先どうすればヴァルターが平穏な人生を歩めるかということばかり考えていた。

◇　◇　◇

聖雨祭三日目の大きな催し物といえば、城で開かれる舞踏会だ。

回帰前は不機嫌なヴァルターと一曲だけ踊り、疲労困憊《ひろうこんぱい》した記憶しかない。

今回はヴァルターが過度にかまってくるため、別の意味で疲れが押し寄せていた。

（私が願う最良の未来へ進めるか、それとも回帰前よりももっと悲惨な結末を迎えるか……運命の日は明日だというのに、ヴァルター様は平然としていらっしゃる）

勝つつもりで計画をしてきたが、国王とカールに敗北したらこの件に関わった者は皆捕らえられ、謀反人となる。

もしかしたらそれは、ヴァルターが国王になった回帰前の人生よりも悪い道かもしれない。

世界の理は権力を持つ者が決める。

そして現時点ではヴァルターが太刀打《たちう》ちできないほどの権力を、敵が持っている。

「今からそんなに緊張していても意味がない。……ダンスに自信がないのか？」

「そんなことはありません。ダンスの練習もしっかりやっておりました」

ヴァルターとアデリナは、城内の舞踏室までの回廊を歩いていた。

本当は、ダンスが不安で緊張していたわけではないことくらい、ヴァルターもわかっているはず。

今日はまだ決戦の時ではないから、絢爛豪華《けんらんごうか》な舞踏会を楽しめと言いたいのだろう。

「アデリナのお手並み拝見といきたいところだ」

ひかえめながらも、最近のヴァルターは度々笑顔を見せてくれる。

回帰前の彼も時々笑うことがあったが、いつもどこか寂しそうだった。

今は心から笑っているのだろう。

そういう変化が嬉しくて、そしてかつてのヴァルターを想うと胸が締めつけられる。

「アデリナ、本当にどうしたんだ？」

「いいえ、なんでもありません。ただ、ヴァルター様が嬉しそうで……よかった……って」

「私が贈ったドレスを着ている君と踊れるのだから、当たり前だろう？」

「うっ」

輝く笑顔に目がやられそうだ。

軍人としての礼装をまとうヴァルターは今夜もとびきり格好いい。髪が普段よりもきっちり固められているせいか、少々大人びて見える。

だから余計に回帰前の彼と重ねてしまう。

アデリナの知っている三十代のヴァルターは闇色の髪をしていたが、銀髪のまま年を重ねてもきっと素敵だろう。

（素敵なのは、顔だけ……顔だけだから！　騙されてはダメよ）

うっかり魅了されてしまいそうになり、アデリナは必死になって自分に言い聞かせた。

（でも、昔から優しいところもあったし……回帰してからは本当に私を優先して……）

顔だけだなんて、心の中で唱えたのはむしろ本心ではないからだ。

心に嘘をつくと後ろめたくなり、今度はヴァルターのいいところを挙げ連ねてしまう。

彼からは嫌いになれと言われているが、これではできそうもない。

舞踏室に入ると、まもなく最初のダンスが始まりそうな雰囲気だった。

一曲目のダンスだけは、未婚の王族の中で序列上位の者とそのパートナーの一組のみで踊るのがオストヴァルト式の舞踏会の流れである。

今夜の場合、その役割は本来王太子カールと彼の婚約者が担う。けれどカールはダンスが嫌いらしく、いつも最初のダンスを異母妹に譲っている。

チラリと周囲を見渡すと、舞踏室の奥にある床が嵩上《かさあ》げされている場所にカールがいて、不機嫌そうに脚を組み座っていた。

隣には婚約者と見られる令嬢の姿もある。カールの婚約者はひかえめな侯爵令嬢で、いつも気性の荒い王太子に怯えているみたいだった。

(王太子殿下は……ご自分のあとにセラフィーナお姉様が踊ると、比較されてしまうから嫌なのでしょうね)

セラフィーナはとにかく目立つ。

二曲目以降に彼女が登場したら、一曲目のダンスが霞《かす》み、引き立て役をやらされている心地になるのだ。

だからダンスそのものに興味がないふりをしてごまかしているのだろう。

カールのプライドのせいで、ダンスができない婚約者の令嬢が憐れだった。

セラフィーナはダンスも得意で、パートナーはヴァルターかユーディットが務めることが多い。

今夜はヴァルターのパートナーがアデリナであるため、必然的にユーディットだ。

女神と男装の麗人という組み合わせに注目が集まる。女性も男性も、きっとこの二人の美しいダンスに期待を寄せているはずだ。

(でも、確か……)

カツンカツンと小気味よい音を立てて、これからダンスを始めようとしている二人に近づいてくる者がいた。

(リシャール王太子殿下!)

颯爽《さっそう》と現れて、セラフィーナとユーディットになにやら話しかけている。

パートナー役を譲ってほしいという願い出をしているのだ。

回帰前も似たような流れになったので、アデリナは驚かなかった。

兄または護衛の女性軍人は、どちらもセラフィーナの結婚相手にはなりえない。

これはまだ求婚者の中から特別な一人を選んでいないというアピールでもあった。

それが今夜変わるのだ。

相手は隣国の王太子で蔑ろにはできない。セラフィーナは今、大勢の貴族たちが見守っている中でリシャールを拒絶するか、彼を受け入れるかを迫られている。

拒否すればリシャールに恥をかかせてしまい、マスカール王国との友好関係に問題が生じる恐れがある。受け入れたら、セラフィーナがリシャールを「特別な相手」として考えているという意味になる。

（セラフィーナお姉様……たぶん、怒っているでしょうね）

以前は女神のほほえみの裏にあるセラフィーナの本心を見透かす力など持ち合わせていなかったアデリナだが、今は違う。

二十八歳の心を持ち、セラフィーナの侍女となったことでこれまで知らなかった二人の関係も少しだけ理解できている気がした。

リシャールのほうは、戦略的にこの芝居じみた演出をしている。

おそらく、オストヴァルト国王がセラフィーナの嫁ぎ先をもったいぶって定めないことへの対抗手段に打って出たのだ。

「とんでもない抜け駆けをする者が現れたな。ただ善良なだけの王子だと思っていたのだが意外と策士なのか」

最近返上しつつあるのかもしれないが、妹至上主義であるヴァルターの目が据わっている。

「でも、いい機会かもしれません」

会話をしているうちに、セラフィーナがリシャールの手を取った。

運命の日が明日に控えているからこそ、リシャールを敵に回すという選択はできないのだ。

「最低でも一年は友人として適切な距離を保って交流してから申し込めばいいものを。強引にもほどがある」

ヴァルターの表情はどんどん険しくなるばかりだ。

けれど、アデリナは彼にだけはそんなことを言う権利がない気がしていた。

「強引？ ……そのお言葉、ヴァルター様にそのままお返ししたいです」

アデリナが進んで侍女となったので強くは言えないが、政略で定まった婚約者との適切な距離など、彼は一切考えていない。

最低でも一年は友人……と主張するのなら、アデリナとヴァルターの関係も最低でも一年くらいじっくり時間をかけて進めてもらいたいのだ。

せめて乙女の寝室に忍び込むなどという暴挙には出ないでほしかった。

「……フン。あの王太子、ダンスはそれなりに踊れるのか」

都合が悪くなったヴァルターは、あからさまに話題を逸らした。

最初はヴァルターの態度にムカッとしていたアデリナだが、しばらくすると二人のダンスに魅了され、些細なことがどうでもよくなっていった。

「綺麗……」

回帰前に見た光景と似ているけれど、やはりわずかな差異がある。

踊りながら、二人はなにか会話をしているみたいだ。リシャールが語りかけると、セラフィーナの女神の笑みが一瞬だけ崩れた。

少し拗ねたり、恥ずかしがったり、子供っぽく笑ったりという変化が見受けられる。

それは近しい関係だからこそ読み取れるものかもしれないが、よい兆候だった。

「セラフィーナお姉様……なんだか楽しそうです」

「あぁ、そうだな……」

アデリナは真横に立つヴァルターの様子をうかがう。

リシャールを認めたくないはずだったのに、うっかりアデリナの言葉を肯定してしまった事実に彼はまだ気づいていない。

そしてヴァルターは、自分が今優しいまなざしで二人のダンスを見守っていることにもきっと気づいていないのだろう。

◇◇◇

セラフィーナとリシャールによる一曲目のダンスが終わる。

心からこのひとときを楽しんでいた二人の姿は、集まった紳士淑女を魅了した。

曲が終わってもしばらくの沈黙が続く。皆、賞賛を贈ることを忘れるくらい惚《ほう》けていたのだ。

アデリナが大きな音を立てて手を打ち鳴らすと、それに呼応してドッと拍手が巻き起こる。

セラフィーナとリシャールがゆっくりと舞踏室の中央から離れていく。

ここで本来なら、求婚者たちがセラフィーナのそばに集まり次のダンスを申し込むはずだが、それができない雰囲気があった。

リシャールのリードが完璧だったからこそ、彼を超える自信がないと誘えないのだろう。

結局誰からも声をかけられないまま、二人は舞踏室の壁際まで辿り着いた。

このまま椅子に座り、しばらくの歓談となりそうだ。

「さあ、私たちも」

今度はアデリナたちが踊る番だ。

ヴァルターに手を引かれ、歩き出す。二曲目からは未婚の男女が中心となって大人数でのダンスとなる。二人もその輪の中に加わるのだった。

曲の始まりと同時に、ヴァルターのリードでステップを刻む。

いつ練習しているのかはまったくわからないが、ヴァルターもダンスがうまい。

そして昔よりも、アデリナに対する気遣いを強く感じた。

純粋にこの時間を楽しみたいアデリナだったが、妙な視線のせいでいまいち集中できずにいた。

(王太子殿下から殺気みたいなものが放たれているんですけれど)

ターンをするたびに、憎しみのまなざしが向けられているのがわかった。

頬杖《ほおづえ》をついて、脚を小刻みに揺らし、不機嫌であることを隠そうともしない。

セラフィーナがリシャールと親しくなると、カールにとって都合が悪い。そしてヴァルターまでもが婚約者にほほえみかけ、仲むつまじくしている。

そんな状況に苛立っているのだ。

「なんだか視線を感じますね」

「豊穣を祈る聖雨祭の夜にふさわしくない者の視線なんか放っておけばいい。ほら、アデリナ……私だけを見ていろ」

ヴァルターの一歩がわずかに大きくなる。動きのあるステップに変わると、アデリナはついていくのに必死になった。

ちゃんと腕前を見せろ、と言われている気がした。

（そういえば、これまで王太子殿下の前では私たちの関係を『政略による婚約』だとアピールしてきたけれど、もうやめたのね……）

決戦の日は明日だから、演技の必要はないと考えているのだろう。

急に肩の力が抜けた気がした。

明日の保証がないからこそ、この舞踏会を楽しまなければならない。

だんだんとヴァルターに合わせ、踊ることだけに集中するようになる。

（ヴァルター様……本当に楽しそう……）

十二年一緒にいたのに、回帰してから初めて知った事実が多すぎる。

以前のアデリナは、ヴァルターがこんなにも優しい表情になれる人だなんて、少しも知らなかった。

先ほどはセラフィーナに、そして今はアデリナにその視線が向けられている。

気づけばアデリナは、心から彼と一緒のダンスを楽しんでいた。

こんな経験は初めてで、ずっとこの時間が続けばいいと感じている。

「ヴァルター様……」

楽しい、嬉しい――そういう気持ちで満たされれば、負の感情が入り込む隙なんて少しもないはず。

それなのに、胸のあたりがズンと重くなる瞬間がある。

今のヴァルターが笑うたび、過去の寂しそうな彼の表情が浮かぶ。

この感情は後悔だ。

セラフィーナが亡くなるまでの半年のあいだ、アデリナがもっと婚約者に寄り添っていたら、回帰前の彼があそこまで追い詰められることはなかったのではないか。

転化してからの彼は、アデリナがいつもそばにいたのに、孤独だった。

そうなる前に、もっとなにかができたのではないか――つい、そんな考えが浮かぶ。

やり直しを選んだのはヴァルター自身だ。

アデリナが責任を感じる必要などないとわかっている。それでも、記憶を持っているからこそ同じ後悔はしたくないのだった。

やがて曲が終わった。

「アデリナ?」

気がつけば、涙で視界がにじんでいる。人前で感情が昂《たかぶ》って抑えられなくなったのはいつぶりだろうか。俯くと目から水滴がポツリポツリとこぼれ落ち、青いドレスに吸い込まれていった。

「どうした? なにが嫌だった⁉」

ヴァルターはかつてないほど焦っている。

そんな彼の姿を見ていると、また胸が苦しくなって自分でもどうしていいのかわからなかった。

「なにも、ない……です。嬉しくて……。ダンスが、楽しかったから」

声が震えるせいで、強がりが伝わってしまう。

ヴァルターはアデリナの腰を支えるようにして、ダンスの輪から抜け出した。

「こちらへ」

舞踏室を出て、しばらく回廊を歩いて向かったのは、ひとけのないバルコニーだった。

庭園のあたりに多少の明かりが灯されているだけで、周囲は真っ暗だ。

ここでなら、いくら泣いても誰にも見られなくて済む。

ヴァルターはハンカチを取り出して、アデリナの涙を必死に拭っている。

表情すら確認できない暗闇でも、彼が混乱しているのが伝わってきた。

「まさか、足を踏んだか？」

「いいえ……」

「明日が、怖いか？」

「それは……少し、でも違います」

「だったら、なぜ泣いているんだ？　……大丈夫だ。アデリナを苦しめるものは……すべて私が壊す、と言いたいのかもしれない。それはとても危険な、かつてのヴァルターと同じ発想だった。

……」

「違いますっ、それじゃダメなんです」

「アデリナ……？」

アデリナは必死に考えた。

後悔しないための道へ進むためには、どうしたらいいのだろうか。

「酷なことを言ってしまうかもしれません。……あなたの一部を否定しているのかもしれません……でも……」

「私を否定？」

アデリナは頷いた。これはかつて好きだった人を貶《おとし》める言葉だ。

「どうか、闇に囚われないでください！」

闇属性もヴァルターの一部である。

アデリナが好きになったのは、完全なる転化をしてからの彼だ。

闇を抱えながらも、近しい者には優しさも見せていたあの人を否定しているみたいで心が痛む。

それでも、アデリナは今のヴァルターがどうすれば幸せになれるのかを一番に考えたかった。

「アデリナ、それは……」

「私とヴァルター様……二人だけの世界があったらよかったのに。穏やかで、ヴァルター様を憎む者が誰もいない……そんな世界があれば、よかったのに」

それなら、愛した人を否定せずにいられた。

けれどあの力は、ヴァルター本人にも自覚があったように心を蝕み変えてしまう。

たとえ聖トリュエステ国から断罪されなかったとしても、宿した者を生きづらくさせるのだ。

圧倒的な破壊の力は、ヴァルターから確実に感情を奪う。

アデリナは確かに彼に愛されていた。

それなのに彼は、手遅れになるまで伝わらない愛し方しかできなかった。

回帰して初めて、アデリナは本来の彼がそんな人ではなかったと知ったのだ。

「でもそんなのは不可能だから……お願いです……。私は、どうしても、ヴァルター様を守りたいんです」

アデリナが守りたいものはたくさんある。

両親や親しくしていたメイド、それから自分自身。回帰後はセラフィーナもその対象になっている。

そしてヴァルターも間違いなく守りたいものである。

意地を張って認めてこなかったが、本当は誰よりも優先して救いたい相手だった。

アデリナは、自ら進んでヴァルターに抱きついた。

胸に顔を埋《うず》めて、彼の鼓動を聞く。

守りたい人が誰なのかをそうしていれば忘れない気がした。

「そうか……君を泣かせたのは……私なんだな……」

「違います、そうではなく……」

「いいや、私だ。前からわかっていた。苦しませているのも、悲しませているのも……全部、私で……それでも見放さずにいてくれるのが君だろう？　傷つけているのに、嫌いにならずにいてくれるのが君だ……」

ヴァルターがアデリナの身体を包み込む。

額のあたりに唇が落とされた。

「すべて……君の願うままに。アデリナがかつての私ではなく……今の私のそばにいることを選んでくれるのなら絶対に裏切らない。……必ず己を律してみせる」

「……はい」

「きっと大丈夫だ。君がいる限り、真の闇に呑み込まれはしない。……こんなにも温かいんだから」

互いに離れがたくなり、抱き合ったままじっとしていた。

アデリナはヴァルターの心が黒く染まらないようにするための灯火《ともしび》になれているのだろうか。

【13】追憶編　今はもう存在しない魔王の話

ヴァルター・ルートヴィヒ・オストヴァルトには四歳下の婚約者がいる。あえて平凡な伯爵家の娘と婚約したのは王命である。

善良な伯爵家の者たちを王家の諍いに巻き込んでいるのだから、彼らにとってはいい迷惑だっただろう。

初めて会った日、婚約者となったアデリナは終始怯えて、不自然に距離を取っていた。

二人の婚約はいずれ伯爵家に害をもたらす。それがわかっていたヴァルターは、彼女の態度に納得しながらも少しだけ落胆したのだった。

だから、アデリナに贈るつもりだった真珠のネックレスを持ち帰り、結局すぐに妹にあげてしまった。それが正しい行動だと、本気で信じた。

二度目の茶会の席では、ヴァルターの嘘を庇い、ごまかしてくれたアデリナをついにらんでしまった。その後、カールが放った蛇による毒にやられて観劇に行けなくなったときも、適当な理由を書いた手紙を届けさせた。

アデリナは臆病だが真面目な善人だった。せめてもう少し己の利益に貪欲な人間ならば、ここまで冷たくする必要はなかっただろう。

けれど、あまりにもまっすぐで簡単に折れてしまいそうなくらい弱い娘だったから、どうしても遠ざける必要があった。

ヴァルターは近い将来、必ずカールと敵対する。

内戦状態となったとしても、退くつもりは一切ないけれど、分の悪い賭けだ。

クラルヴァイン伯爵家には、どちらの味方をするのかを自由に選んでもらうつもりだ。だから、彼らの選択を妨げないためにも、ヴァルターの行動は正しいはずだった。

けれど結局、クラルヴァイン伯爵家はヴァルターを選んでしまった。セラフィーナ暗殺事件とヴァルターの闇属性への転化という大きな事件が急に発生したために、考える時間を十分に与えられなかったせいかもしれない。

アデリナが選んでくれたのならば、これからは彼女を大事にすればいいだけだ。

そうだというのに、気がつけばヴァルターは光属性の頃とは別の人間になり果てていた。

闇属性となってから、心がなにかにじわじわと侵食され続けている感覚だ。

執着心はあるのに、愛情があるのかはわからない。

憎悪はあるが一部の欲望を失った。

法も正義も理解できる。けれどアデリナに悲しい顔をさせ、コルネリウスに失望される。

ヴァルターの中にも優しい心はあったはずだが、どんどん空虚になっていった。

闇属性は本当に心を蝕む異端の力だ。

心が正常だった頃はしがらみを気にして彼女を思いやってあげられなかった。しがらみがなくなった瞬間に心の一部が壊れてしまった。

結局ヴァルターはアデリナを傷つけ続けることしかできない男だった。

時戻しの魔法――ヴァルターがこの魔法を研究していたのは、セラフィーナを蘇らせたいからというわけではない。ヴァルターが取り戻したかったのは、転化する以前にはあったはずの心だ。

セラフィーナが生きている頃に戻れたら、自分の心もまた戻ってくると考えたのだ。

光属性のままでいられたら、正しくアデリナを愛し、幸せにできる気がしていた。

けれど、回帰のためにアデリナの命を奪うことはためらわれて、結局は実行に移せなかった。

そこまで腐った人間にはまだなっていなかったのだろう。

滅びの道を歩いているとわかっていても、引き返すことはできず、アデリナやかつての自分が信頼していた者たちを次々と不幸にしていった。


やがて戦が起こり、オストヴァルト城が陥落寸前に追い込まれていく。

アデリナが瀕死の重傷を負ったとき、彼女を失いたくないという強い欲求がきっかけとなったのか、かつては当たり前に持っていたはずの感情がわずかに戻ってきた。

ようやく醜い執着が愛情だったと気づけたけれど、もう遅い。

それでも、アデリナが死ぬ現実だけはどうしても受け入れることができず、ヴァルターは世界を壊す決断をした。

回帰に失敗して、すべてが無になってもかまわないという勝手な発想だった。

時戻しの魔法は無限回帰を防ぐために、誰か一人の精神を保護しなければならない。

本来なら、ヴァルターが自身の記憶を保護すべきだったが……。

「この心を持って回帰しても……私は正しく生きられない。君をまともに愛してやることもできないんだ。……すまない、アデリナ……」

魔力は精神に宿るものだ。記憶を持ったまま回帰しても、ヴァルターは闇属性のままだろう。

すべての元凶は、ヴァルターの心の闇だ。

ヴァルターだけは、記憶を持ったままやり直しをしても意味がない存在だった。

だから、アデリナの精神を保護した。

「私は、私だけは君と一緒には行けない。……もし不実な夫が許せないのであれば、今度こそ見捨ててくれてかまわない……アデリナ……本当にすまない……。どうか、憎んでくれ……」

思い出も、ほんの少しだけ残っていた本来のヴァルターの心が抱いていたアデリナへの愛情も、すべてを消し去る。

愚か者のヴァルターは、そうすることでしか愛する人を守れなかった。

「どうか……次こそは、幸せに……」

すでに意識を失っているアデリナの額にキスをした。

この瞬間、残虐な魔王ヴァルターは、世界から消滅したのだ。

【14】婚約者が闇落ちしそうでピンチです！

舞踏会の夜に互いの想いを確認し合った二人だが、ゆっくりと恋人気分に浸る余裕などなかった。

ついに、決戦の時が来たのだ。

聖雨祭最終日。オストヴァルト城内の謁見の間には聖トリュエステ国の聖職者と隣国からの客人、そして国内の有力貴族たちが集まっていた。

中央の玉座には国王がどっしりと腰を下ろしている。

国王の話が始まる直前という頃になって、ヴァルターが声を上げた。

「陛下、お言葉をいただく前に、私のほうから一つ報告がございます」

颯爽と現れたヴァルターが国王の前まで歩み出て、膝をついた。

コルネリウスとベルントもヴァルターの後方にいて、主人に倣う。

アデリナはその様子をセラフィーナやユーディットと一緒に離れた場所から見守っていた。

敵が武力によって口封じに出てくる可能性がある。

そうなった場合、ヴァルターの弱点になり得るのはセラフィーナだ。狙われる可能性が高いため、アデリナとユーディットで彼女を守る手筈《てはず》になっていた。

「なんの報告だ？　諸外国からの客人を迎えている神聖な儀式の最後を、くだらない話で妨げるべきではない」

「いいえ、必ずお聞き届けいただかなければ客人に対する非礼となりましょう。……神聖なる祭りを穢す存在。それどころか……誉れ高きオストヴァルト王国に害をなす罪人が、この場に紛れ込んでいるのです」

「なんだと？　ならば申してみよ。ただし、不必要にこの場を騒がせた場合その責任は重いが、覚悟はあるのか？」

国王は、罪人が自分たちだとはつゆほども考えていないだろう。

ヴァルターは「王家に害をなす罪人」ではなく「王国に害をなす罪人」と言った。その違いに気づいている者はまだ少ない。

「もちろんでございます。……二ヶ月前……私の部下が知人からある相談を持ちかけられました。その者はメイドで、とある貴族に仕えております。じつは、屋敷の使用人が不自然に失踪しているというのです」

「……だからなんだというのだ」

「その家――バーレ男爵家が誘拐と人身売買を行っている可能性があると判断し、私の権限で捜査を行いました。結果、男爵があの『血染めの薔薇』製造に関わっている証拠を掴んだのです」

そこまで言ったところで、国王の顔色が急激に悪くなりはじめた。

国王のそばに控えていたバルシュミーデ公爵も焦っている。

謁見の間がざわつく。悪名高き石の名を聞いて、皆が驚いていた。

「くだらぬ！　誰か、ヴァルターを摘まみ出せ！」

立ち上がり、声を荒らげたのはカールだった。

国家権力が及ばない聖職者や隣国からの客人が集まっている場で、明確な証拠が提示されたらいくら王族でも罪から逃れられなくなってしまう。

カールの妨害は当然であり、そして罪の証拠でもあった。

帯剣が許されないこの場で、武器を持っているのは国王を守る近衛だけだった。

玉座のそばに待機していた近衛がヴァルターのほうへと足を踏み出した。

「どうして血染めの薔薇という国家を揺るがす悪魔の石が存在しているという話がくだらないのでしょうか？　あの石が使われたら、国の安寧が揺らぎます。……そこの者、私を捕らえたら石の製造への関与が疑われるが、よろしいか？」

ヴァルターの言葉を受けて、近衛が戸惑いの表情を見せた。

それでも鬼の形相のカールに圧倒され、何人かがヴァルターへと近づいてくる。

何度もためらい、やたらと動きが鈍いのは、おそらく彼らが善人だからだ。

「待たれよ！」

近衛の行動を制止したのは、大司教だった。

彼が介入してきてくれたことにアデリナは胸を撫で下ろす。

「……聖トリュエステ国としても、無視できん話だ。ヴァルター第二王子殿下の主張を聞くことを拒絶する理由はない。王子殿下のおっしゃるとおり、妨げた者にはやましいところがあると見なされるでしょう」

近衛がわずかにヴァルターから距離を取る。

王命を無視する勇気を持たない近衛は、同じくらい大司教の言葉を無視する勇気も持っていないのだ。

（かつて、私たちが追い詰められた力を利用しているのは妙な気分だわ）

自分たちにとって都合のいい方向に物事を進めるために聖職者の持つ力を利用するというのは、まさにヴァルターが破滅した構造と同じで、アデリナの感情は複雑だった。

「なにを言う！　ヴァルターがこれから語る内容はすべて捏造《ねつぞう》の戯言だ！　聖トリュエステ国の聖職者が……このような陰謀に加担してなんとする！」

あからさまに取り乱す国王の姿を見て、皆が状況を察しはじめる。

まだ血染めの薔薇の製造に関わった者の名がバーレ男爵しか挙げられていない中、国王の反応は不自然だった。

「おそれながら、オストヴァルト国王陛下」

続いて凛とした声で発言したのは、リシャールだ。

隣国の王太子である彼の発言を、止められる者はここにはいなかった。

アデリナはふと隣にいるセラフィーナを横目で見る。唇が綺麗な弧を描き、満足そうだ。

(こっそり、協力要請を取り付けていたのかしら？)

さすがはしっかり者だ。

やがてリシャールが国王に対し疑問を投げかける。

「……ヴァルター殿はまだ、男爵なる者を取り調べたとしか言っておりませんよ。つまりはこれから名前が挙がるはずの大罪人が誰か、オストヴァルト国王陛下はご存じなのですね？」

「それは……そ、それは……っ！」

国外の客人が多く集まる場で、ヴァルターが証拠を披露しはじめたら終わりだ。

それを阻止したかったのはわかるが、国王は迂闊な発言をしている。

なにも言い返せない国王を庇ったのはカールだった。

「そんなことは当たり前だ。ヴァルターの母親は父上を誘惑し、ふてぶてしくも王妃となった狡猾《こうかつ》な悪女。子は親に似るという。日頃から、陛下や私を追い落とそうと陰謀を巡らせているのだ。このような場で騒動を起こす理由は……明白だ」

「なるほど。……では、いい機会ではありませんか？」

リシャールは笑顔を崩さない。

「なんだと？」

「ここには私を含めた中立の見届け人が多くおります。ヴァルター殿が偽の情報でカール殿やオストヴァルト国王陛下を貶めるつもりなら、これから提示される証拠こそ、彼が謀反人である証明ができる重要な資料となります。我が国も友好国の国王陛下に仇《あだ》なす者の排除にご協力いたしましょう」

この言葉に、国王もカールも黙り込むしかなかった。

リシャールに促されるかたちで、ヴァルターとその補佐官であるコルネリウスによる証拠の提示が始まった。

バーレ男爵が使用人を誘拐し、血染めの薔薇製造の黒幕に差し出した供述書が読み上げられる。

次に、血染めの薔薇の材料となってしまった死者は国が管理する墓地に埋葬され、結果墓の数が合わなくなっている件の説明もされた。

それには、文官のアビントン伯爵が関わっていて、彼もすでにヴァルターが確保済みである。

もちろん国王や王太子、バルシュミーデ公爵直筆の命令書なども入手済みだった。

証拠の提示中に、少しでも罪を逃れたいと考える貴族の何人かが離反し、勝手に自白を始める事態にまで発展する。

もはや、国王やカールを信じる者はいなくなっていた。

ヴァルターは最後に、具体的に製造が行われていた場所についての説明を始めた。

「これまで提示してきた証拠は、捏造が不可能……とまでは言えないでしょう。しかし、製造拠点の場所だけは――」

「ヴァルターッ！　貴様は、貴様だけは許さぬ。戯言で、王家を貶める大罪人はこの場で成敗してくれよう！　オォォォッ」

突然雄叫《おたけ》びを上げたあと、カールが近衛から剣を奪い、ヴァルターに向かって突進してきた。

周囲に炎をまとい、それが不規則に飛んできてヴァルターの動きを妨げる。

血染めの薔薇の製造は、王家が自分たちの力だけを高め、特別であることを印象づけるために始めた悪行だった。だからこそ、製造拠点は城の地下にあるのだ。

そして城にある以上、王家が主体となって行っていたという事実をどうあってもごまかせない。

動かぬ証拠が示される前に、カールが武力行使に出たのだ。

王家の意に背けばどうなるのかを示すことにより、正義ではなく恐怖で関係者の口を封じようとしている。

苛烈な剣技と魔法の組み合わせに、会場にいた者たちが逃げ惑う。

ヴァルターだけは一歩も動かず、光の魔法で攻撃を弾いた。

「ヴァルター様！」

尻込みして動けずにいた近衛から剣を奪い、アデリナはそれをヴァルターに向かって思いっきり投げた。

「さすがは、我が婚約者」

アデリナはすかさず広範囲に障壁を張り巡らせる。皆を安心させるためのものだから光の反射を利用して、可視化された頑丈な壁を構築していった。

こんなに人が多い場所では、ヴァルターも存分に戦えない。そして隣国からの客人が怪我でもしたら今後の協力が得られなくなってしまう。

アデリナが今できることは避難のための時間稼ぎだ。

セラフィーナとユーディットがその意図を察して、誘導を始める。

「皆様は時魔法の障壁で守られております。……落ち着いて、ゆっくりとこの場から離れてください」

女神の堂々とした声が人々に安堵感を与えた。

扉の一つから、ヴァルター配下の軍人たちがなだれ込んでくる。彼らは暴れているカールを除いた罪人たちの捕縛に動く。

国王も、バルシュミーデ公爵も、ブツブツと言い訳を並べるだけで抵抗はしなかった。

謁見の間に残ったのは、戦闘中の二人、アデリナとセラフィーナ、ユーディット、ベルントとコルネリウス。さらに大司教とリシャール王太子殿下……お逃げください」

「大司教様、リシャール王太子殿下……お逃げください」

アデリナは障壁の場所を狭い範囲に組み立て直しながら、部外者二人に訴えた。

「一応、見届け人を買って出たわけだから、最後まで責任を果たすよ。それに、セラフィーナ王女を残してはいけない。大丈夫、すごく強いわけじゃないけれど、自分の身を守ることくらいはできるからね」

アデリナに向けた言葉だったが、それを聞いたセラフィーナがツンとリシャールから顔を背けた。

おそらく、彼女なりに喜んでいるのだ。

「お若いお嬢さんの後ろに隠れているのは申し訳ないが、私も役割を投げ出すわけにはいかんからの」

大司教も去る気はないようだ。

アデリナはそのあいだも繰り広げられている戦いに目を向ける。

「愚弟が！　日陰者でいればよかったものを」

カールの戦い方はとにかく苛烈で、謁見の間の至るところが黒焦げになっている。

まるでヴァルターへの憎しみを炎に変えているみたいだ。

「王太子……いや、カールよ。そうさせてくれなかったのは、そちらだろうに。これまで何度、私やセラフィーナに暗殺者を送り込んできたんだ！　臣に下って平凡に生きる道を、奪ったのはおまえだ」

ややも押され気味のヴァルターだが、一切怪我をしていない。おそらく避難が完了するまでできる限り力を抑制していたのだ。

目立たない第二王子を演じ続ける理由はすでに失われている。本気の彼はもっと強いはず。

「私から母を奪った貴様たちに、幸福な人生などくれてやるかっ！」

ゴォオォオッと音を立てて蛇のようにうねりながら襲いかかる炎を、ヴァルターはうまく避けて熱光線を放つ。

それが的確にカールの肩を貫いた。

「ヴァルタァァア！　よくも……よくもぉぉ！」

カールの顔が益々歪んでいく。

それは到底、国を束ねる次の王にふさわしい者の姿ではなかった。

涼しい顔をしたヴァルターが、二発目の熱光線をカールに浴びせた。

今度は太ももだ。貫かれても出血が少ないのは、ヴァルターの魔法で焼かれているせいだ。

それでももはや立っていることはできず、カールはその場に崩れ落ち、悶絶《もんぜつ》していた。

魔法を使う者たちの戦いは、どちらかの意識を刈り取るまでは終わらない。

ヴァルターは慎重に、異母兄に近づいたのだが……。

「まだだ、まだだ……私は負けてなど、おらぬ……！」

叫んだカールが胸のあたりをまさぐって、ポケットから赤いなにかを取り出した。

迷わず口に含むと、一瞬でカールの様子が変化する。

目が血走り、よだれをたらし、そしてどんよりと重い魔力が彼の身体にまとわりつくようになる。

圧倒的な力に、アデリナは恐怖を感じた。

「ほら、私はいくらでも戦えるぞっ！　ヴァルターに、幸福など……与えてやるものか」

炎と一緒に旋風が巻き起こる。

アデリナの障壁で守られている付近を除き、すべてのガラス窓が一斉に壊れた。そして、室内に入り込んだ風により、炎がさらに大きくなっていく。

マグマみたいななにかが、ヴァルターめがけて飛んでくる。

（こんな攻撃……いくらヴァルター様でも防げない！）

アデリナは咄嗟にヴァルターの周囲にも障壁を展開した。

カールの魔法がぶつかった瞬間、パリンと音を立てて、丈夫に築いたはずの障壁が崩壊していく。

爆風が巻き起こり、ヴァルターが謁見の間の壁に叩きつけられた。

「お兄様！」

額から血が流れ、軍服がボロボロになっている。意識はあるようだが、ヴァルターはなかなか立ち上がれない。

セラフィーナが助けに行こうとするが、アデリナは咄嗟に彼女を引き留めていた。

今、考えなしに障壁の外に出たら、一瞬で命が奪われる可能性がある。

すでに先ほどの攻撃を防いだ時点で、アデリナの魔力がそぎ取られていて、自分たちを守る壁の保持だけでも手一杯だ。

セラフィーナもカールにとって憎むべき対象の一人である。彼女が出ていったら、確実に狙われるとわかっていた。

「ハハッ、ハハハッ！　無様だ……ヴァルター、楽に死ねると思うなよ」

カールはすぐには動かず、不気味な声で笑いながら、倒れているヴァルターを眺めていた。

「皆さん、申し訳ありませんが私の障壁は長くもちません。ここからヴァルター様を連れて逃げる方法を考えなくては……」

血染めの薔薇の効果は一時的なものだが、アデリナの魔力切れとどちらが先かわからない。

こんな悪魔と真面目に対峙しても意味がないだろう。

アデリナの言葉にベルントが頷く。

「とりあえず、私とユーディットが出てあいつを足止めします！　……コルネリウス兄上は、ヴァルター殿下の保護を。……皆さんはとにかくここから離れてください」

軍人であるベルントとユーディットが前へ出るのは妥当な判断だ。

けれどリシャールがベルントに近づき、意見を述べた。

「ヴァルター殿を一人で担ぐのは無理です。私もお手伝いします。……水属性なので、そこそこ相性はいいと思いますよ」

隣国の王太子に危険な役割を担ってもらうなんて、本来なら許されない。けれど、議論している暇などなかった。

ベルント、ユーディットに続いてリシャールも障壁の向こうへ飛び出していく。

一瞬遅れ、コルネリウスも続いた。

「逃げますよ！　セラフィーナお姉様」

必然的にセラフィーナと大司教を守るのはアデリナの役目となる。

アデリナたちのいる場所から一番近い出口は、玉座の横だ。アデリナは一旦障壁を解除し、カールの攻撃に警戒しながら慎重に出口を目指した。

ベルントとユーディットはよく戦っていた。

そのあいだにヴァルターがよろよろと立ち上がる。

リシャールの水魔法による援護もあり、味方は後方の出口に近づきつつあった。

けれど、カールがまた先ほどヴァルターを吹き飛ばした魔法を発動させようとしていた。

あの魔法は防げない。

皆の表情が絶望の色に染まる。

「ダ、ダメッ！」

アデリナはありったけの魔力を込めて、カールとベルントたちのあいだに障壁を築く。

轟音《ごうおん》が鳴り響くが、今度は障壁が壊れた感覚はなかった。

代わりに、天井や壁の一部にひびが入り、シャンデリアが落下してきた。

（王太子殿下の魔法……。威力が……落ちている？）

障壁が壊れなかったのは、一回目よりやや威力が目減りしていたからだ。途中でプツンと途切れた感覚があった。

あの魔法さえなければ、ベルントやユーディットでもカールを倒せる希望が持てる。

けれど……。

「……小娘……」

カールが跳躍し、一瞬にしてアデリナとセラフィーナたちの目の前までやってきた。

セラフィーナが狙われていると判断したアデリナは、咄嗟に彼女を庇う。

しかし予想に反し、囚われたのはアデリナだった。

「アデリナに……なにをするの……！」

カールが追いすがるセラフィーナに蹴りを入れて、動きを封じる。

「ア、アデリナ……アデリナ……ッ！」

傷ついたヴァルターが必死に足を前へ出し、手を伸ばし叫ぶ。けれど二人の距離はあまりにも遠すぎた。

「少々分が悪いようだ。……これはもらっていく」

カールはサッとアデリナを担ぎ上げた。

謁見の間から飛び出し、小さな魔法を使って跳躍を重ね、あっという間に庭園へと出る。めまぐるしく景色が変わった。高い城壁すら、カールは余裕で飛び越えていく。

疾走感と浮遊感、そして恐怖でアデリナの身体はずっと強ばっていた。

(私……人質？　この男に殺される、の……？)

もう魔力はほとんど残っておらず、身を守る方法はない。

負傷しているはずのカールが、わざわざアデリナを人質にする理由を考える余裕すらなかった。

しばらくするとオストヴァルト城の裏手にある森に入った。

「……王太子殿下、このようなことをして……いったいなにが……」

彼は相変わらず禍々《まがまが》しい魔力をまとったままだ。ヴァルターが回復すればきっと気配を辿って追いついてくる。

幸いにして国一番の治癒師であるセラフィーナは健在で、ヴァルターの近くにいるのだ。

攫《さら》われたのがアデリナだったのは、結果的によかったのかもしれないが、嫌な予感がした。

（焦ったらダメ！　時間を稼がなきゃ……）

すでに魔力切れによる頭痛に襲われている中、アデリナは必死に心を落ち着かせていく。

「今……私はとても冴《さ》え渡っているんだ。確実に負ける……私が王となる道はもう途絶えたのだと認めざるを得ない」

意外にもカールはすでに敗北を認めていた。

「でしたら、無駄なことは……」

「無駄ではない。そなた、ヴァルターの最愛だろう？」

「え……？」

ドクン、と心臓が大きく音を立てる。

「昨日のダンス……あれでピンときた。……まぁ、そなたかセラフィーナか……どちらでもよかったんだが……」

カールは乱暴にアデリナを放り投げた。

背中を強く打ち、一瞬息が詰まる。

懸命に顔を上げると、醜悪な笑みを浮かべる男の表情がはっきりと見えた。

「ヴァルター様のお気持ちなんて私にはわかりません。……仮に最愛だったらどうなるのですか？」

恐怖で全身が震えた。

けれど、どうにか逃げる方法を考える。

血染めの薔薇による効果の大半は、すでに失われている。あの凶悪な魔法なしでは複数人を相手にできないからこそ、カールはアデリナを誘拐したのだ。

「敗残の身である私にできるのは、あの男の大事なものを奪ってやることくらいじゃないか……むごたらしく、辱めて……そして身体を切り刻んだら……ククッ、ハハハッ！」

「笑うな！」

アデリナは声を荒らげ強がるが、身体の震えが収まらない。

カールはその様子を見て、益々嬉しそうにするのだった。

「ハハハッ、これが笑わずにいられるものか！　……これから輝かしい王の道を歩むヴァルターに、真っ黒なしみの一つくらいは作ってやらねば死んでも死にきれぬわ」

すでに破滅を受け入れて、異母弟に苦しみを与えることのみを考えている男に勝てる方法が思いつかない。

それでも今は、とにかく逃げるしかなかった。

勢いよく起き上がり、一気に走り出す。

カールはすぐには追ってこない。血染めの薔薇の効力がほぼ失われていても、魔力切れ状態のアデリナを殺すことなど造作もないのだろう。

カールから複数の火球が放たれた。

一つは咄嗟に作った障壁が弾く。けれどもう薄氷程度の役に立たない強度になっている。

かわせなかった火球がドレスをかすめ、布を燃やす。

アデリナは地面に転がり消火を試みた。

炎の広がりが早く、なかなか消えてくれない。仕方なく枯渇寸前の魔力で燃えている付近の時間を止めた。

（もう……もうダメ……）

消火はできたが、ドレスの一部が焼け焦げて、太ももまで露わになった。

剣を振り回しながら、カールがゆっくりと近づいてくるのがわかったが、アデリナには逃げる力も小さな魔法を使う力もなかった。

「追いかけっこは終わりか？　いい顔になったじゃないか」

心の中でヴァルターの名を何度も呼んだ。

けれど、声に出したらカールを喜ばせるだけだとわかっていたから歯を食いしばる。

この男はアデリナの顔を恐怖と苦痛で歪ませることを、破滅間際の目標にしているのだ。

「さて、仕上げとするか」

剣が振り下ろされる。

身を焼かれるような激痛が走ったのは、肩だった。

「あぁぁっ、くぅ……」

右腕が、じわじわと赤く染まっていく。

起き上がれずにいるアデリナの急所を突くくらい、カールには簡単だったはず。

わざと致命傷にならないように切られたのだとわかる。

「ひひっ、ひっ」

不気味に笑いながら、カールがまた剣を振り下ろす。

次に狙われたのは、太ももだ。

なにかで身体を貫かれる経験は、初めてではない。回帰前は確実に死に至る傷を負った。

けれどそれより浅い傷だからといって、到底耐えられるものではなかった。

敵を喜ばせるだけだとわかっていても、己を律することなどもうできない。アデリナは涙で顔を濡らしながら、のたうち回った。

「いいぞ、最高だ……！　これでお揃いになったじゃないか」

誰と誰がお揃いなのか——痛みで朦朧としていた頭で考える。

カールが自分の肩の、服が破れている場所に触れながら悦に入る様子で、ようやく理解した。

肩と太もも——それはこの男がヴァルターから攻撃を受けた場所だった。

「次はそうだな……そのドレスを切り刻んで……指を一本一本……」

剣を捨てたカールの手が伸びてくる。考えても、考えても、抵抗する方法が見つからない。

いっそ、気を失ってしまいたかった。

「ヴァルター様……たすけ、て……ヴァルター様……っ！」

カールが覆い被《かぶ》さってくる。

これからなにをされるのか考えたくもなかった。視界が絶望で真っ黒に染まった気がした。

「アデリナ……」

よく知った声が聞こえた次の瞬間、アデリナは重みから解放された。

(あぁ……ヴァルター様……)

しばらくのあいだカールの絶叫が響く。

よく知っている力強いヴァルターの魔力の気配がそこにある。それは圧倒的な存在感で他者を威圧する。そして夜の闇みたいな冷たさと寂しさも感じられるものだった。

「……闇の……魔力……？」

ヴァルターが闇属性に転化しかけている。

その事実に気がついたアデリナの意識は急激に覚醒した。

すでにカールは気絶していて戦闘不能だ。

それでもヴァルターは攻撃を続けている。

彼の右手の付近に真っ黒な魔力の塊が出現していた。それを打ち込まれたら、カールに命はない。

「待って！　ヴァルター様……待ってください！」

いまだ起き上がれないアデリナは全力で声を振り絞る。

幸いにしてアデリナの叫びは届き、ヴァルターが振り返った。

「……一瞬で終わらせる。少しだけそのままで……」

すでに髪も瞳も、闇色に変化していた。

焦りは痛みを緩和してくれる。先ほどまで起き上がれなかったのが嘘みたいだった。

どうにか立ち上がり、一歩、二歩、とヴァルターに近づいた。

「違います！　そうじゃない……。王太子――カールには、きちんと刑を受けさせてください。ヴァルター様が手を下す必要はありません」

カールの罪は重く、死罪を免れるはずはない。

そうだとしても、罪が確定する前の気絶している人間の命を刈り取る行為は許されない。

ヴァルターはまもなく国王となるべき人だ。彼が法を遵守しなければ、いったい誰に守らせるというのだろうか。闇に落ちる可能性を常にはらんでいるからこそ、彼には正しい道を歩んでもらわないといけない。

「なにを言っているんだ……？　アデリナ……。この男を庇うのか？　母の敵だ。何度も暗殺者を送ってきて……アデリナまで奪おうとした。情状酌量の余地などない……死ぬべき人間だ」

完全に我を忘れているみたいだ。

アデリナを救いに来たはずだが、守りたかったアデリナにまで殺意に似た殺気を向けはじめる。

「私怨で、その手を汚してはなりません……！　この男のためではなく、ヴァルター様のために言っているんです」

近づくだけで押し返されそうな圧を感じた。

実際、以前のアデリナは、不用意に彼に触れて傷を負ったことがある。

そのせいでヴァルターは、益々人に触れるのをためらい、心の距離まで取るようになっていった。

闇色に染まった彼の行動を肯定したら、同じ未来しか得られない気がした。

そのままにしておけば昨日までのヴァルターが、少しずつ消えてしまう。

「……を、傷つける者はすべて排除しなければ……そうだろう？」

「誰を、傷つける者ですか？」

「アデリナを……守らなければ……」

名を呼びながらも、まるで別の場所にいるアデリナを思っているみたいだ。

彼に現実のアデリナがなにを思い、なにを望んでいるのかわからせる必要があった。

（……ヴァルター様のダメ夫！　歩くだけで血がにじみ出てくるんですけど……）

わざと致命傷にならないように傷つけられたとはいえ、手当てをせずに放置していたらそのうち死に至る重傷だ。

気を失いそうなくらいの痛みをこらえながら、アデリナはヴァルターに触れられる距離まで近づき、そしてグッと引き寄せてキスをした。

回帰してから初めてのキスだった。

それ以前も、結婚式のときわずかに唇を重ねただけだ。

記念すべきファーストキスを、気絶した宿敵が足下に転がっている場所で捧げなければならないアデリナは、やはり不幸な娘だった。

どうせなら綺麗な花畑とか満天の星の下とか——そういう場所がよかったのに。

「ア……アデリナ……」

ヴァルターが目を見開く。

「私を見て！　私の願いを叶えるのでしょう？　言うことを聞いてくれないと怒ります。今度こそ、今度こそ本当に……嫌いになりたいんですから」

「……嫌いに……？」

わずかに彼の感情が戻ってくる気配があった。嫌いになりたい——これまで幾度となく口にしてきたその言葉で、アデリナとの約束を思い出してくれたらいい。

「そうです。……闇に囚われそうになった場合、どうしろと教えましたか？」

「好きなもの……アデリナを想えば……」

「私は無事です。……私を心配するあまりにカールへの憎しみを増幅させては元も子もないでしょう。ちゃんと約束を守ってください」

ヴァルターに復調の兆しが見えはじめた途端、アデリナの身体から力が抜ける。背後にあった幹に寄りかかり、ズルズルと地面にしゃがみ込んだ。

いつの間にか呼吸も荒くなっている。

もう限界が近いが、ヴァルターの髪と目の色がもとに戻るのを見届けなければ、怖くて気絶することすらできなかった。

「こちらへ……私の近くに……来てください」

ようやく従順になったヴァルターがアデリナの目の前にひざまずく。

アデリナは怪我をしていないほうの手を伸ばして、彼の頭を撫でてあげた。

「楽しいことを考えましょう？　怪我が治ったら……次のデートは……どこ、とか？」

「わかった……そうしよう。すまない……すまない、アデリナ」

わずかにヴァルターの髪の色が薄くなる。完全なる転化は防げたのだ。

「ヴァルター様は、謝ってばかり。……私がほしい言葉は……別ですよ……」

これまで何度彼の「すまない」を聞いたかわからない。

ひとまずの敵がいなくなり、彼の心に平穏が訪れたら、今よりもっとアデリナが望む言葉が聞けるのだろうか。

意識を失う寸前に、ヴァルターの魔力を感じた。

先ほどまでとは違う、光属性の温かな気配がアデリナを包み込む。肩と太もも――途中から痛覚が麻痺していた気もするが、怪我をしていた場所が癒やされていくのがわかった。

「愛している……絶対に、幸せにするから。消えた私よりも……アデリナが知っている未来の私よりも、ずっと君を大切にする……」

重要な言葉を、眠る直前にささやかれては返事のしようがない。

今度は起きているときに言ってほしいと切に願いながら、アデリナは目を閉じた。

エピローグ　闇落ちを回避した婚約者から逃げられない

主人二人の騒がしい声で目を覚ますのは、ここに来てから何回目だろうか。

「ちょっとお兄様、いい加減にしてください！　いくら婚約者でも勝手に添い寝をするなんて許されません！　……先日も申し上げましたわ」

セラフィーナの怒りで、アデリナは状況を理解した。

ヴァルターが懲りずにアデリナのベッドにもぐり込んできたのだ。

「これは仕方がないんだ。……治療だから」

「治療なら、とっくに終わっているでしょう？」

「夜中にうなされていたんだ。……私の婚約者が、私のせいで怪我をしたんだから、看病するのは当然だ」

なぜこの人たちは、毎度毎度、体調不良で眠っている者の近くで言葉の応酬をするのだろう。

さらにセラフィーナはヴァルターの身体をグイグイと引っ張り、ベッドから落とそうとしていた。

ヴァルターがしっかりと抱きしめているため、アデリナまで一緒に引きずられる。すでに眠っていられる状況ではなかった。

「はぁ……もうっ！　あんまり節度がないようでしたら、アデリナを伯爵家に帰しますよ」

「好きにしろ。セラフィーナの侍女を辞めてくれるのなら、こちらも万々歳だ。私の婚約者として、オストヴァルト王家のしきたりを覚えてもらうために改めて呼び寄せるから。……私がアデリナを独占できる」

「残念でしたぁ。賢いアデリナちゃんに教育なんて必要ありませーん」

二人とも、それぞれの役割を果たしているときは優秀で大人だが、プライベートになると途端に精神年齢が下がる。

この馬鹿げたやり取りを聞いていることに耐えられなくなったアデリナは、勢いよく身を起こした。

「お二人とも、喧嘩はやめてください！」

「おはよう、アデリナ。……心配してくれるのか？　ありがとう」

「いいえ、病み上がりなので、付き合うのが面倒くさいんです」

すっかり銀髪に戻ったヴァルターは今日も麗しかったが、それに惑わされてはいけない。

周囲を確認すると、窓から入り込む光の角度からして、午前中の比較的早い時間だとわかった。

昨日、昼間のうちに倒れてから随分長く眠っていたのだ。

（そういえば、夜中に何度か目が覚めた気がする……）

治癒魔法が使われていても失った血が戻るわけではない。

魔力切れと体調不良で嫌な夢を見ていたら、ヴァルターが「大丈夫だ」と言って抱きしめてくれた。うなされていたので曖昧だが、たぶん夢ではないのだろう。

（心強かった……。ですが、正直に言ってしまうとさらに調子に乗りそうだから黙っておくべきでしょうね）

ずっと報われない恋をしてきたせいで、愛され、執着されている状況にはまったく慣れなかった。

セラフィーナの真似をしたいわけではないけれど、アデリナはツンと澄ました態度でごまかす。

「すっかりいつものアデリナだ……よかった……」

苦情と冷たい態度にめげず、ヴァルターがアデリナをギュッと抱きしめてくる。

「お兄様！　そうやってちゃっかりくっつかないでくださいませ」

そしてまた引っ張り合いが始まるのだった。

（……なんというか、あんな事件の直後とは思えない……日常が戻ってきたみたい……）

昨日、ヴァルター主導で政変が起こったのだ。

国王が捕らえられるというのは大変な事態で、今頃貴族も市井で暮らす民も、混乱しているはずだった。けれど、青の館は普段と変わらない。ヴァルターがヴァルターのままであることに、アデリナは安堵していた。

それからヴァルターとセラフィーナは、騒動の経過を教えてくれた。

ヴァルターが転化しかけたのは、血だらけのアデリナを目にした瞬間であり、幸いにして秘密が漏れる心配はなさそうだった。

カールが暴れ、大司教やリシャールの前で血染めの薔薇を使ったため、もはやこちら側がこの件を立証する必要はなくなっている。

カールは現在、魔法を使えないように細工がされた牢獄《ろうごく》に収監されているとのことだった。

国王やバルシュミーデ公爵ほか、関わった貴族たちも同様だ。

とくに主犯となる国王、カール、バルシュミーデ公爵の三人の罪は重く、死罪は免れない。

カールは牢獄で、どうせ死ぬのなら早く殺せばいいと訴えているらしい。

けれど、正式な手続きを踏むことに意味があるはずだ。

彼らには余罪がある。

バルシュミーデ公爵にはヴァルターたちの母親の死に関わった事実を認めさせなければならないし、カールにはこれまで幾度となく異母弟妹に暗殺者を放った罪を問う必要がある。

すべてを明らかにすることが、この国やヴァルターにとって最善の選択であってほしいとアデリナは考えていた。

ヴァルターは、昨日より国王の代理となっている。

回帰前もそうだったが、ヴァルター自身が血染めの薔薇の製造には関わっておらず、なおかつ自ら進んで王族二人の罪を暴いたため、正式な即位に異議を唱える者は少ない見込みだ。

ただし、ヴァルターの評価は今のところ「目立たない第二王子」から大きく変わっていない。

急に国王と王太子が罪人となったために、暫定的に新国王となるだけだ。

これから、盟約に従って貴族の格差解消に取り組まなければならないし、早い段階で成果を見せなければすぐに廃位に追い込まれる。

油断できない船出となりそうだ。

そして事件から二日後。この日は聖トリュエステ国の一行、そしてリシャール王太子がそれぞれ帰国の途に就く日だった。

先にオストヴァルト城から去ろうとしているのは、大司教たちだった。

ヴァルター、セラフィーナ、そしてアデリナは城門付近で彼らの見送りをした。

「大司教様、このたびはご助力ありがとうございました」

「おお、そなたはクラルヴァイン伯爵家のアデリナ殿だったな？」

「はい」

「無事でなにより。どうか立派な妃となられますように」

「大司教様……いつまでもお元気で。ぜひ、来年も再来年も聖雨祭にいらしてください」

アデリナはどうしても彼に感謝を伝えたかった。

そしてできることなら、大司教には長くその地位に留《とど》まり続けてほしいと思っている。

大司教の引退がヴァルターにとっての不安要素に繋がるという理由が大きいが、それだけではない。

地位を明け渡した結果、望まない方向に聖トリュエステ国が変わってしまう結末を、大司教にも見せたくないのだ。

「そうだな。この騒動に立ち会った者として……ヴァルター新国王陛下がどのような国を目指されるのか……まだ見届けなければならないのかもしれない」

未来を知っていても他国に介入する権利をアデリナは持っていない。それでも、ほんの些細なきっかけで別の道が開けることを願った。

大司教たちの旅立ちからほどなくして、リシャールも出立の時間を迎えた。

「セラフィーナ王女……。近いうちにまた、口説きに来てもいいですか？」

堂々と次の訪問の予告をするリシャールは今日もさわやかだった。

「べ、べつに……わたくしは友好国の王族の方の来訪を拒否する立場にはありません」

「よかった。手紙は頻繁に出します。ですからどうか、私が離れているあいだに誰かにそのお心が奪われませんように」

リシャールは自然な動作でセラフィーナの手を取り、そこへ唇を落とした。

挨拶のキス程度なら、セラフィーナには慣れたもののはず。けれど、みるみるうちに顔を真っ赤にした。

その様子が可愛らしくて、アデリナは思わず笑ってしまったのだった。

回帰前にはわからなかったが、リシャールは一目惚《ひとめぼ》れや個人的な感情だけでセラフィーナに求婚しているわけではないらしい。

マスカール王国の国策として、光属性のオストヴァルトの女神を自国に迎え入れたいと考えているのだ。

けれど、政略のみで恋する演技をしているわけでもないといったところだろう。

セラフィーナも今回協力してくれたリシャールを憎からず思っているみたいだ。

(回帰前にセラフィーナお姉様が暗殺されたのは秋だけれど、カールが排除されたのだから、同じ理由で事件は起こらない。……これからは、新しい未来が待っているはず……)

本来悲恋で終わっていたはずの二人の今後が明るいものであれば、アデリナも嬉しく思うのだった。

◇◇◇

アデリナは、一応ヴァルターの婚約者である。そのため、結婚前から近い将来の王妃としての役割を果たしていた。

ヴァルターが正式な国王となる戴冠式は三ヶ月後の予定だ。

諸侯をまとめ上げるため、新国王もその婚約者も大変忙しい。

それでも回帰前とは違って「王妃」が職業やただの役割になってしまう心配はしていなかった。

ヴァルターが言葉でも態度でも、アデリナを恋人として扱ってくれるからだ。

この日も彼が急に息抜きのデートに行くと言い出して、二人で馬に乗り都の郊外までやってきた。

「ここは……？」

馬を下りてからしばらく歩いた場所に広がっていたのは、美しい花畑だった。

「視察の帰り道に、案内役の者から教えてもらったんだ。綺麗だろう？」

「はい、とても……」

「アデリナ、こっちを見て」

花畑に来たばかりだが、ヴァルターは景色を堪能《たんのう》することを許さない。

アデリナは理不尽な要求に腹を立てながら、それでもヴァルターをまっすぐに見据えた。

「君はこういう場所が好きだろう？」

ヴァルターがアデリナの両手を包み込むように握った。

「ええ……。でもよくご存じでしたね？」

うっかり「王子様」と口走ったことはあるが、アデリナは精神的には二十八歳の立派な大人だと自認しているため、子供っぽいと思われそうな発言は自重しているつもりだった。

花畑が好き……どころか、花が好きだなんて話すら彼とはしていない。アデリナはそれを疑問に思う。

「アデリナ」

考え事をしていて、ヴァルターに注目していなかったのを咎《とが》める視線だった。

ヴァルターの手に込めている力がわずかに強まる。そして頬がほんのり朱に染まっていた。

「私と結婚してくれ」

「一応……そのつもりですが……？」

それは突然の言葉だった。予想外の事態に驚き、アデリナは気の利いた返事ができなかった。

普段、ヴァルターの不器用さを咎めているのに、これでは彼にとやかく言えなくなってしまう。

「私の言葉で求婚していなかっただろう？　愛しているから、結婚してほしい」

真摯なまなざしで、見つめてくる。

「あ……うっ」

アデリナの心はヴァルターよりもずっと大人である。

けれど彼に振り回されたせいで恋愛経験がないに等しく、甘い言葉への耐性は皆無だった。

「答えて」

急に身体が熱くなる。気恥ずかしさが込み上げてきて、涙が出そうだった。それでもヴァルターが真剣だから、ごまかしてはいけない気がした。

「私も……ヴァルター様のこと……愛っ、して……離れたくない、と思っています……」

心が囚われて、どうあっても彼から逃れられない。

最近認めつつあるその感情を、はっきりと伝える。

ヴァルターになにかを望むのなら、アデリナのほうも己を変えていかなければならないのだ。

アデリナが素直な言葉を口にすると、ヴァルターがほほえみ、顔を寄せてきた。

キスされるのだとすぐにわかった。

二度目のキスは、妙に甘ったるくて長かった。アデリナは呼吸を忘れて、息苦しさを覚えていく。

それでも、込み上げてくる感情は喜びしかない。

昔の自分も、今の自分も、ようやく救われた気がした。

それからしばらく、二人は手を繋ぎ花畑の中を歩いた。

景色を見ている最中も、自然とヴァルターが気になり、横を向いては目が合ってほほえみ合う。

かつてないほど、恋人らしいひとときだった。

「じつは、初めてのキスのやり直しがしたかったんだ」

ヴァルターがボソリとつぶやいた。

初めてのキス、花畑――アデリナは妙な既視感を覚える。

それは、あの薄暗い森で闇に呑み込まれそうになっていたヴァルターの気を引くためにキスをしたとき、アデリナが願ったそのままの内容だった。

まるで彼に心を読まれたみたいだ。

「あの……？　どうして花畑だったんですか？」

だんだんと焦りが込み上げてくる。

問いかけると、ヴァルターは褒めてもらいたくて仕方のない飼い犬みたいな顔をした。

「気絶している宿敵が転がっている森でファーストキスを捧げるなんて最悪だ。綺麗な花畑とか満天の星の下とか……そういう素敵な場所がいい、やり直せ……と君が言っていたから」

「いつそんなことを？」

「うなされているときに、寝言で」

「それは……」

今度は純粋な恥ずかしさで泣きたい気分になった。

やはり、急に気が利く人間になんてなれるわけがなかったのだ。寝言で口走った内容をそのまま実行するところまではいい。

けれどなぜ黙っていたほうが得をする事実を、こうも素直に語ってしまうのか。

アデリナの心情など察してくれないヴァルターは、まだ話を続ける。

「最近、ようやくわかった。……大切な者が増えれば、その者たちのために私はきっと光の道を進めるんだ。誰か一人の死がきっかけで闇に落ちる危険性は、格段に減ると思う」

回帰前の世界で闇に染まる以前のヴァルターにも、きっとベルントやコルネリウスなど信頼の置け

う。

　けれど愛を知らない人だった。唯一の例外がセラフィーナ一人に向けられていた家族の情なのだろう。

　愛する者が複数いれば、残った者の幸せのために、まだ足掻けるのだ。

（でも、なんだろう……ものすごく胸騒ぎがする……）

　ヴァルターにしてはめずらしく、前向きな発言だった。にもかかわらず、悪い予感がするのはアデリナが疑り深い性格だからだ。

「だが……アデリナだけは別だ」

「は!?」

「君になにかがあれば……私はたぶん闇に囚われる。そして……時戻しの魔法を研究してしまうかもしれない。いいや、絶対にやるだろう」

　普通の告白まででやめてくれれば、アデリナも素直に受け入れられたはずだった。けれどヴァルターは、まったく嬉しくない愛の告白の続きを始めた。

　時戻しの魔法には闇属性と時属性の力が必要だ。

　アデリナが命を失っても、時属性は唯一無二のものではないから、第三者の魔力を利用してあの魔法を使うことは可能だった。

「カールに傷つけられた君を見て、私は我を忘れた。……正気に戻してくれたのもアデリナだ。つまり、君がいないと私は……」

「その言葉……今、言う必要ありますか？　私、ヴァルター様の求婚をお受けしたはずですよね？」

　ほとんど、アデリナが死んだら世界を滅ぼすという宣言だった。

そこまでの重い愛を望んだつもりはない。

「だが、それが私なんだ」

「開き直らないで。誠実で心の広い旦那様になってくれないと……嫌いになります！」

「君の嫌いになる宣言は、今は好きという意味だから、あまり響かない」

「図太い！」

不用意に死ねないのは事実だ。

例えば悔いのない大往生など、ヴァルターが納得できる死を迎えなければ、アデリナはまた強制的に人生をやり直すことになるのかもしれない。

「だったらヴァルター様。……あなたが私を守って……幸せにしてください。約束してくれるのなら、私はこれからもヴァルター様の心を全力で光の方向へ導きますから」

「ああ、必ず……」

ヴァルターの闇落ちはひとまず回避できたのだろう。

この先もアデリナの苦労は続きそうだが、不思議と前向きでいられた。

回帰前の自分が知らなかった幸福な世界が、どこまでも続いていくことを信じられるからだ。

おわり

あとがき

この度は『闇落ち不実な旦那様、勝手に時を戻さないでください！』をお読みくださり、ありがとうございます！

本作は、時戻し＆人生やり直し要素を含んだお話です。

タイトルどおり、誰がなぜ時を戻したのかはわかっている状態から物語が始まります。

ウェブ投稿から書籍化の機会をいただきまして、新しく本文の後半に『今はもう存在しない魔王の話』という一度目の世界でのヒーロー・ヴァルター視点を加筆させていただきました。ぜひそちらに注目していただけると嬉しいです。

そして本作のイラストは御子柴《みこしば》リョウ先生にご担当いただきました。逃げたいヒロイン・アデリナと、絶対逃さない男に進化するヴァルターの関係が本編そのままで、感激です！

最後に担当編集者様、御子柴先生、編集部の皆様と刊行に携わってくださったすべての方々、そして読者様に感謝申し上げます。ありがとうございました！

日車《ひぐるま》メレ

Niμ NOVELS

好評発売中

死に戻り姫と最強王子は極甘ルートをご所望です
～ハッピーエンド以外は認めません！～

月神サキ

イラスト：笹原亜美

君のいない人生なんて考えられない

「ごめん、愛してる。どうか幸せになって」
魔王と戦い、フローライトを助けたことで、カーネリアンは死んでしまった。
私が弱かったから——そう後悔しながら後を追ったフローライトは
彼と婚約したばかりの十歳に戻っていた。
今度こそ彼を死なせない、戦わせないとフローライトは誓う。
愛を深めながらも、恐ろしい未来を変えたいフローライトと
「私も君を守りたい」と言うカーネリアンは度々衝突。
まだ力が足りない。焦るフローライトの前に魔王が現れたかと思うと！？
お互いしか見えない二人の最強愛の行方は——？

ファンレターはこちらの宛先までお送りください。
〒110-0015　東京都台東区東上野2-8-7
笠倉出版社　Niμ編集部
日車メレ 先生／御子柴リョウ 先生

闇落ち不実な旦那様、勝手に時を戻さないでください！

2025年4月1日　初版第1刷発行

著 者
日車メレ

発 行 者
笠倉伸夫

発 行 所
株式会社　笠倉出版社
〒110-0015　東京都台東区東上野2-8-7
[営業]TEL　0120-984-164
[編集]TEL　03-4355-1103

印 刷
株式会社　光邦

装 丁
AFTERGLOW

Niμ公式サイト　https://niu-kasakura.com/

ISBN　978-4-7730-6454-4
Printed in Japan